U0134690

呆厮國誌

The Dunciad

呆廝國誌

The Dunciad

by Alexander Pope

亞歷山大・蒲柏 著

李家真 譯注

OXFORD
UNIVERSITY PRESS

Oxford University Press is a department of the University of Oxford. It furthers the University's objective of excellence in research, scholarship, and education by publishing worldwide. Oxford is a registered trade mark of Oxford University Press in the UK and in certain other countries

Published in Hong Kong by
Oxford University Press (China) Limited
39th Floor, One Kowloon, 1 Wang Yuen Street, Kowloon Bay,
Hong Kong

First Edition published in 2021

呆厮國誌

亞歷山大・蒲柏著

李家真譯注

ISBN: 978-988-877717-4

Impression: I

The English text originally published as *The Dunciad in Four Books* by Alexander Pope, 1743.

中譯文底本為Routledge, 2009年版，並參照
Oxford University Press, 1975; Penguin Books, 2011年版

《呆厮國誌》作者亞歷山大·蒲柏畫像和他的簽名式

蒲柏論敵印行的一幀諷刺蒲柏的畫像。論敵從蒲柏姓名“A. Pope”當中挑出“A–P–E”三個字母（“ape”意為“猿猴”），據此把蒲柏畫成了一隻猴子。猴子形象的蒲柏蹲踞在一堆蒲柏著作旁邊，從書堆垂落的紙捲上寫着“呆厮國誌集注本”。猴子頭上戴着教皇冠冕，一是因為蒲柏的姓氏“Pope”可以解為“教皇”，二是因為蒲柏的天主教徒身份。畫像頂端的拉丁文格言意為“認識你自己”。《呆厮國誌集注本》為蒲柏招來了無數攻擊，這幀畫像只是其中一例。

蒲柏同時代畫家威廉·賀加斯於一七二七年創作的版畫《英格蘭舞臺寫真》（*A Just View of the English Stage*）。版畫內容是杜里巷皇家劇院的幾個經理（居中的是科利·希伯）大肆製作低俗鬧劇，不惜工本追求特效，務必壓過林肯學院廣場劇院的約翰·里奇。版畫右下部的茅坑上方吊着幾張廁紙，廁紙上寫着“哈姆雷特”（莎翁名劇）及“如此世道”（康格里夫名劇）。

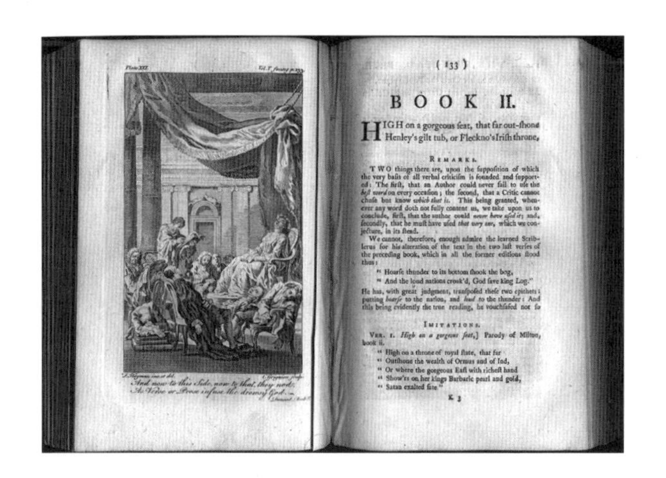

Plate XXI

And now to this Side, now to that, they nod,
As Verse or Prose infuse the drowsy God.

(133)

BOOK II.

HIGH on a gorgeous seat, that far out-shone
Henley's gilt tub, or Fleckno's Irish throne,

REMARKS.

TWO things there are, upon the supposition of which the very basis of all verbal criticism is founded and supported: The first, that an Author could never fail to use the *best word* on every occasion; the second, that a Critic cannot chuse but know *which that is*. This being granted, whenever any word doth not fully content us, we take upon us to conclude, first, that the author could *never have used it*; and, secondly, that he must have used *that very one*, which we conjecture, in its stead.

We cannot, therefore, enough admire the learned Scriblerus for his alteration of the text in the two last verses of the preceding book, which in all the former editions stood thus:

" Hoarse thunder to its bottom shook the bog,
" And the loud nations croak'd, God save king Log."

He has, with great judgment, transposed these two epithets; putting *hoarse* to the nation, and *loud* to the thunder: And this being evidently the true reading, he vouchsafed not so

IMITATIONS.

VER. 1. *High on a gorgeous seat,*] Parody of Milton, book ii.

" High on a throne of royal state, that far
" Outshone the wealth of Ormus and of Ind,
" Or where the gorgeous East with richest hand
" Show'rs on her kings Barbaric pearl and gold,
" Satan exalted sate."

K 3

《呆厮國誌》第二卷題圖(出自一七六〇年倫敦版蒲柏作品集第五卷)。圖中的呆厮女神高踞寶座，環繞女神的是一眾昏昏入夢的“詩人”。

目　錄

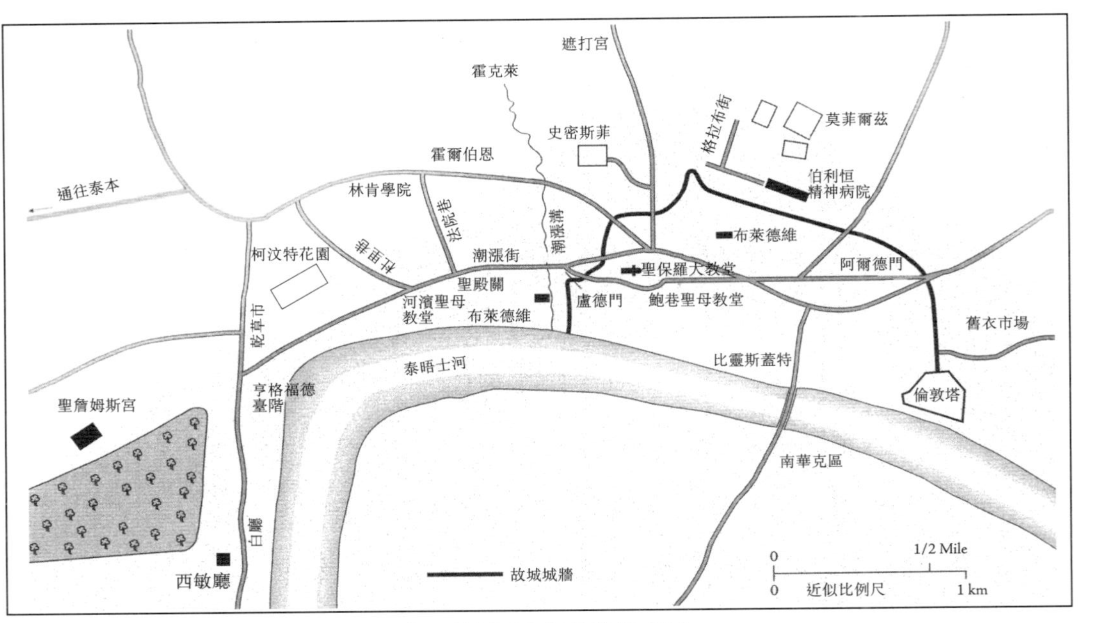

十八世紀四十年代倫敦略圖

名垂後世的一種方式

(代譯序)

亞歷山大・蒲柏(Alexander Pope, 1688–1744),十八世紀最偉大的英國詩人,《牛津名言詞典》(*The Oxford Dictionary of Quotations*)收載條目第二多的詩人(僅次於莎士比亞),畢生勤於著述,兼擅多種題材文體。蒲柏學識豐贍,才氣縱橫,洞燭世態人心,作品中妙語警句俯拾即是,許多都成為了英語世界日用而不知的成語,例如"Hope springs eternal"(希望之泉永不竭)、"To err is human, to forgive, divine"(犯錯是人性,寬宥是神性)、"A little learning is a dang'rous thing"(一知半解害死人)、"Damning with faint praise"(名褒實貶)、"Fools rush in where angels fear to tread"(無知者無畏)。蒲柏的摯友斯威夫特,自己也是一位偉大的作家,但卻對蒲柏十分欽佩:"蒲柏的詩,沒有一行不使我歎息,/歎的是如此佳作,不是我的創製。"後輩詩人拜倫,更是對蒲柏五體投地:

> 無論時間或空間,哀痛或衰年,都永遠不能減損我對他的崇敬。他是偉大的諷喻詩人,規箴

一切時代、一切風土、一切情感，以及生存的一切階段。他是我少時的歡樂，壯歲的志趣，或許還會成為我暮年(假使我有幸活到暮年的話)的慰藉。他的詩篇，便是人生的寶典。

蒲柏天資聰穎，弱冠成名，但他的生花妙筆，絕不是輕易得來。他出生在一個天主教家庭，天主教在當時的英國備受歧視，教眾不得入讀公學大學，也不能擔任公職。他少時罹患波特氏症(結核性脊椎炎)，一生為此惡疾所苦。疾病使得他腰背佝僂，成年身高不足一米四，他之所以終身未婚，當與此節不無關係(蒲柏生平可概見本書所附簡表，此不贅述)。從許多方面來說，他都是自身所處社會的局外人。然而，誠如同時代英國詞典編纂家塞繆爾·約翰遜所說，蒲柏擁有“一顆生機勃發、志向宏大、勇於冒險的心靈，始終探究，始終期許，行至極遠，依然渴望更遠，飛到極高，依然渴望更高，永遠憧憬超出它所知的事物，永遠企求超出它所能的功業。”所以他勇猛精進，自學多門外語，浸淫希臘羅馬及本國經典，使天賦的文才物盡其用，終成一代大家。他的名垂後世，可說是“詩窮而後工”的典例。

蒲柏的諷刺史詩《呆厮國誌》(*The Dunciad*)

初版刊行於一七二八年，最終版刊行於一七四三年，前後歷時十五年，稱之為蒲柏畢生心血的結晶，絕非過甚之辭。從形式上說，此詩以西方經典史詩為範本，採用嚴謹的英雄雙行體(heroic couplet)，結構精巧，音韻鏗鏘，無愧為這種詩體的極致神品。從內容上說，此詩以虛擬的"呆斯女神"為線索，鋪敘十七十八世紀英國社會日趨粗鄙的頹敗進程，尖銳抨擊文藝市場化、低俗化、政治化的時弊，嬉笑怒罵，酣暢淋漓，直筆寫出一部濃墨重彩、活色生香的大不列顛墮落史，堪稱西方諷刺史詩的里程碑式巨製。在寫給斯威夫特的信中，蒲柏把《呆斯國誌》稱為自己的"巔峰之作"(*chef d'oeuvre*)，此詩形質雙美，宜蒲柏引以為豪。

《呆斯國誌》指名道姓地譴責了同時代的眾多文人和政商巨頭，不光是一部文采斐然的傑作，還是一首豪氣干雲的戰歌。正因如此，美國文學批評家、蒲柏權威傳記作者梅納德·馬克(Maynard Mack, 1909–2001)一方面把《呆斯國誌》稱許為"英語詩歌史上最引人入勝、最獨樹一幟的作品之一"，一方面又指出，將《呆斯國誌》公之於世，"從許多方面來說都是蒲柏一生最大的蠢舉"。的確，這部詩作給蒲柏招來了無數敵人，致使他餘生楚歌四面、怨謗隨身。但在蒲柏的有生之年，《呆厮國誌》不光一版再版，篇幅還越來越大，最終版刊行的時間距蒲柏辭世只有七個月，從這個事實來看，蒲柏當可謂“一生無悔”。

躋身《呆厮國誌》的眾多反派當中，有的人求得蒲柏的寬恕，名字從最終版本當中消失，有的人反復無常，名字也隱而復顯，有的人愧恥交加，以至於壽命縮短，也有的只求眼前利益，並不怕別人戳脊樑骨，還有的把罵名化為商機，撈到了實實在在的好處。最後這一種人，允稱“眼球經濟”之鼻祖。注意力難以集中的當今時世，三天兩日的罵名，已經使許多人趨之若鶩，千秋萬歲的罵名，豈不令受者銘感肺腑？馮夢龍的《古今笑史》裏有個老童生，以自己的文章“為某某先生所笑”為榮，求名乏術的人們，如果能讓自己的行為“為某某先生所罵”，名字隨傑作垂於永久，或許也是件值得驕傲的事情。

李家真

二〇二一年八月八日

題　獻

獻給喬納森·斯威夫特博士[1]

1　蒲柏的諷刺史詩《呆廝國誌》(*The Dunciad*)首次出版於1728年，當時僅有三卷。1729年，同為三卷的《呆廝國誌集注本》(*The Dunciad Variorum*)付梓。1742年，《新呆廝國誌》(*The New Dunciad*)亦即《呆廝國誌》第四卷單獨刊行。1743年，經蒲柏修訂整理的《呆廝國誌四卷本》(*The Dunciad in Four Books*)最終面世，本書即據此最終版譯出。英文書名"Dunciad"由"dunce"衍生而來，後者源自十三世紀蘇格蘭修士及神學家約翰·當斯(John Duns, 1265?–1308)。當斯的學說被後世一些學者目為愚陋，以至於從他名字衍生的"dunce"一詞成為了愚人的代稱。為求音義兼得，譯者將"dunce"譯為"呆廝"，"Dulness"譯為"呆廝女神"，"Dunciad"譯為"呆廝國誌"。本書題獻對象喬納森·斯威夫特(Jonathan Swift, 1667–1745)為英國著名諷刺作家，《格列佛遊記》(*Gulliver's Travels*, 1726)的作者，蒲柏的摯友。斯威夫特擁有神學博士學位。另據本書附錄所說，蒲柏一度打算焚毀本書初稿，是斯威夫特從火中搶出了稿子，並懇勸蒲柏繼續寫完。

題　記

福波斯最終駕到，阻止它吞噬屍首，

將它大張的嘴巴，變作堅硬的石頭。

——奧維德[2]

2　題記原文為拉丁文，是古羅馬詩人奧維德(Ovid, 前48–17/18)長詩《變形記》(*Metamorphoses*)第十一卷的第五十八行及第六十行，說的是福波斯(Phoebus, 即太陽神阿波羅)阻止毒蛇吞吃古希臘傳奇樂師俄耳甫斯(Orpheus)屍身的事情。

第一卷

概述[1]

題解、呼召[2]及題獻。呆厮女神偉大帝國的緣起，以及國祚久長的因由。故城[3]裏的呆厮女神公會，尤其是女神為各位詩人開辦的私家學院；學院的各位山長，以及支撐女神寶座的四大美德。此後篇章迅速轉入事件中心，述及呆厮女神在市長日[4]當晚凝神冥思，盤點她眾多子裔排

1 英國大詩人彌爾頓(John Milton, 1608–1674)著有經典史詩《失樂園》(*Paradise Lost*, 1667)，這部史詩每一卷的卷首都有一段概述該卷大意的文字。蒲柏仿此舊例，在《呆厮國誌》各卷的卷首添上了概述。

2 西方史詩作者常常在詩作開篇召喚神明或其他力量，祈請對方幫助自己完成詩作，詩作的這一部分名為"呼召"(Invocation)。呼召的對象通常是靈感女神繆斯，例如荷馬史詩《奧德賽》(*Odyssey*)和但丁《神曲》(*Divine Comedy*)。此詩的呼召對象則是"貴人"，見下文。

3 "故城"原文為"the City"，特指倫敦市中心一小片歷史悠久的區域。這片區域有時也稱"方里"(the Square Mile)，因為它的面積大致是一平方英里。在蒲柏的時代，故城的城牆和城門還有許多未遭拆毀。故城是倫敦的商業中心，代表日益興盛的商業文化，為蒲柏所鄙薄。

4 市長日(Lord Mayor's day)是倫敦故城市長就職的日子，新任市長會在當日率領遊行隊列前往王廷所在的西敏區，向王室宣誓效忠，是為"市長巡遊"(Lord Mayor's Show)。市長巡遊是一項重要的年度節慶活動，蒲柏視之為商業文化的象徵。《呆厮國誌》最終版出版的具體時間是1743年10月29日，既

出的長長隊列，瞻顧她過去未來的赫赫榮光。她看中了貝斯[5]，準備讓貝斯充當她左膀右臂，協助她實現本書將要敘寫的宏偉計劃。此時的貝斯埋首書堆，愁腸百結，正想着放棄女神的大業，還擔心女神的帝國已到盡頭。他暗自盤算將來的出路，時而想寄身教會，時而想混跡賭場，時而又想投靠政黨，充當宣傳喉舌。在此之後，他用合宜的書本堆出一座祭壇，鄭而重之地唸出他的禱詞與宣言，打算把他的拙劣文字付之一炬，充作他的祭獻。他點燃書堆之時，高踞寶座的女神看見燒書的火光，於是飛赴現場，用一本《蘇里》[6]撲滅了火焰。接下來，女神對貝斯表明身份，並且把貝斯帶進她的神殿，向貝斯展示她的神技和奧秘。再下來，女神宣佈桂冠詩人尤斯登[7]業已

是一個市長日，又是英王喬治二世(George II, 1683–1760)六十壽誕的前一天。

5 貝斯(Bays)影射英王欽定的桂冠詩人科利·希伯(Colley Cibber, 1671–1757)。"bays"意為"桂冠"。英國貴族第二世白金漢公爵(George Villiers, 2nd Duke of Buckingham, 1628–1687)等人寫有劇作《排練》(*The Rehearsal*, 1671)，劇中主角是個名叫"貝斯"的蹩腳作家，影射對象也是當時的桂冠詩人。在1743年之前的各版《呆厮國誌》當中，呆厮女神看中的爪牙是提博德(Tibbald)，影射的是英國文本考據家及作家路易斯·西奧博德(Lewis Theobald, 1688–1744)。

6 《蘇里》(*Thulé*)是英國詩人安布羅斯·菲力浦斯(Ambrose Philips, 1674–1749)出版的一部未完成詩作。詩題"蘇里"是個地名，為古希臘地理學家所說人境極北之地。蒲柏認為《蘇里》的詩風冰冷僵硬，因此可充撲火之用。

7 尤斯登(Laurence Eusden, 1688–1730)是希伯的前任，於1718年

身故，隨即為貝斯塗膏灌頂，護送他進入宮廷，把他宣佈為尤斯登的繼任。

我歌唱那位偉大母親，還有她那位，
以史密斯菲繆斯[8]聳動君聽的愛子。
說吧，你們這些任女神差遣的貴人！
女神、朱庇特和命運，召喚你們作證；[9]
多虧你們關照，呆廝二世無視譴責，
無視詛咒，延續了呆廝一世的霸業；[10]
說吧，女神如何使不列顛昏睡不起，
如何傾瀉她的蠱毒，籠罩海洋陸地。
最久遠的往昔，凡人尚未識文斷字，
帕拉斯尚未，從宙斯頭頂出生之時，[11]

成為英國歷史上最年輕的桂冠詩人。

8 史密斯菲繆斯(Smithfield Muses)喻指庸俗娛樂。史密斯菲是倫敦故城北側的一個區域，當時是巴薩羅繆大集(Bartholomew Fair)的舉辦地點。大集於每年8月24日開始，為期四天，其間有各種迎合市民口味的娛樂活動。這兩行的意思是，希伯(愛子)為呆廝女神(偉大母親)效力，把庸俗粗鄙的市井文藝帶進了上流社會乃至宮廷。

9 朱庇特(Jove)是古羅馬神話中的主神，相當於古希臘神話中的宙斯(Zeus)。蒲柏認為當時英國的貴族階層也是呆廝女神的幫兇，因此呼召他們來講述女神得勢的經過。

10 “呆廝二世”和“呆廝一世”分別指希伯和尤斯登，同時指涉喬治二世及其父喬治一世(George I, 1660–1727)，蒲柏對這兩位君主的作為頗有不滿。

11 根據古希臘神話，智慧女神帕拉斯·雅典娜(Pallas Athene)是從主神宙斯的腦袋裏迸出來的，出生時即已長成。

呆廝女神，混沌王[12]與永恒黑夜之女，
生來就掌握，凌駕一切的古老權利：
混沌王衰年得女，生出這美麗白癡，
如父王一般壯碩，如母后一般陰鬱；
她孜孜矻矻，忙忙碌碌，大膽又盲目，
在原初的無序裏，統治心靈的版圖。
她生來就是神祇，因此便永生不死，
如今仍極力恢復，曾有帝國的疆域。
你呀！愛聽的名號，你只管任意攬下，
無論教長、布商、格列佛或比克斯達！[13]
無論你像塞萬提斯一樣，正經古板，
還是像拉伯雷一樣隨意，笑得發癲，[14]
無論你歌頌朝廷，誇大人類的優點，[15]
還是斬斷，你多難祖國的黃銅鎖鏈；[16]

---

12 據西元前八世紀古希臘詩人赫西俄德(Hesiod)《神譜》(*Theogony*)所說，混沌王(Chaos)是一切神靈之祖。

13 這幾行是致斯威夫特的獻辭。斯威夫特曾擔任都柏林聖派翠克大教堂的教長(1713–1745)，曾以“一名布商”的名義發表公開信，曾以“格列佛”的名義發表《格列佛遊記》，並曾以以撒 · 比克斯達(Isaac Bickerstaff)的化名發表文章。

14 塞萬提斯(Cervantes, 1547–1616)和拉伯雷(Rabelais, 1483?–1553)分別是西班牙和法國的著名作家。蒲柏認為塞萬提斯作品《堂吉訶德》(*Don Quixote*)包含嚴肅的政治諷喻，拉伯雷作品《巨人傳》(*Gargantua and Pantagruel*)則屬於滑稽狂想，並在此誇讚斯威夫特兼具二人之長。

15 《格列佛遊記》的主角格列佛曾在大人國國王面前“歌頌朝廷”，“誇大人類的優點”，由是遭到對方的恥笑。

16 1722至1724年間，英國商人威廉 · 伍德(William Wood, 1671–1730)憑藉買來的特許權鑄造在愛爾蘭流通的銅幣。斯威夫特

我的斯威夫特啊，你千萬不要悲傷，
儘管女神從你的波伊夏，遷居我邦。[17]
請看，她巨大的翅膀已在此土張開，
預備孵化一個，鉛做的新薩呑時代[18]。
愚癡女神盤踞高牆深院，稱王稱霸，
並且嘲笑蒙羅，竟然妄想拉她下馬，[19]
深院門廊，有偉大希伯的著名父親，
為希伯那些無腦兄弟，雕塑的金身；[20]

認為伍德的鑄幣品質低劣，鑄幣權也來得蹊蹺，於是發表一系列《布商書信》(*Drapier's Letters*)，呼籲公眾予以抵制。迫於輿論壓力，英王廢止了伍德的鑄幣。斯威夫特是愛爾蘭人(愛爾蘭當時在英國統治之下)，所以有"祖國"之說。

17 波伊夏(Boeotia)是古希臘的一個地區，雅典人認為該地居民格外愚蠢。這裏的"波伊夏"代指愛爾蘭，因為十八世紀的英格蘭人認為愛爾蘭人比較蠢笨，"我邦"則是指蒲柏所在的英格蘭。波伊夏既然是蠢人居所，想必也是呆斯女神久居之地，但鑒於英格蘭的風氣日益粗鄙，可見呆斯女神已經離開愛爾蘭，到英格蘭來作祟了。

18 薩呑(Saturn)是古羅馬神話中的農神，他統治羅馬的時代是一個和平富庶的黃金時代。"薩呑時代"因此與"黃金時代"同義，但原注(此詩原注大部分出於蒲柏之手，也有一些是蒲柏友人的貢獻，部分原注不能確知出於誰手)指出，在煉金術士的語言裏，"Saturn"(此處應解為以薩呑命名的土星)代表的是金屬鉛。

19 "高牆深院"指的是又稱"瘋人院"(Bedlam)的伯利恒精神病院(Bethlem Royal Hospital)，詹姆斯·蒙羅(James Monro, 1680–1752)於1728年成為該院主治醫師，職責是努力趕走佔據病人心智的"愚癡女神"(Folly)。本卷概述所說的"呆斯女神公會"，指的就是這座精神病院。

20 希伯的父親蓋尤斯·加布里埃爾·希伯(Caius Gabriel Cibber, 1630–1700)是一位雕塑家，曾為伯利恒精神病院的門廊雕塑兩尊石頭人像，分別名為"抑鬱"(Melancholy)和"癲

深院側畔，有座俗人看不見的小築，
這小築便是窮酸詩文，寄身的巢窟。[21]
空洞的呼嘯寒風，穿過淒冷的暗房，
正好可以象徵，空乏所催生的樂章。
在這裏，吟遊詩人如普羅透斯一般，
變化多端無從緝拿，引來滿城驚歎；[22]
在這裏，雜編紛紛出爐，每週都不少，
寇爾的純潔刊物，林托的紅字廣告；[23]
這裏孕育了，誦經泰本的哀惋詩句，[24]
以及各色期刊、雜覽、“墨丘利”和雜誌，[25]

狂”(Raving Madness)。“金身”原文為“brazen”，有“銅鑄”之義。人像雖為石質，但蒲柏堅持在詩中使用“brazen”一詞，原因是這個詞兼有“厚顏無恥”之義。

21 “窮酸詩文寄身的巢窟”(Cave of Poverty and Poetry)就是本卷概述所說的“私家學院”。據原注所說，窮酸巢窟之所以理當與瘋人院為鄰，是因為一些人沒有文藝才賦，本應該選擇其他行當，但他們非要炮製拙劣詩文，既使得自身陷於窘困，又使得公眾厭惡不堪，可以說害人害己，十足瘋癲。

22 普羅透斯(Proteus)是古希臘神話中的一個海中神祇，以變化多端著稱，蒲柏用他來比擬那些靠假名等手段逃脱文責的僱傭文人。

23 雜編(Miscellany)是當時流行的一種彙編多人作品的出版物；寇爾(Edmund Curll, 1675?–1747)為英國書商，靠庸俗下流的出版物致富，並曾惡毒攻擊蒲柏；林托(Bernard Lintot, 1675–1736)亦為英國書商，出版了許多蒲柏著作(在《呆厮國誌》面世之後依然如此)，但曾因合同糾葛與蒲柏失和；“紅字廣告”指的是用紅字印刷的新書廣告。

24 泰本(Tyburn)是當時倫敦一個處決犯人的行刑地點。據原注所說，按照古老的英格蘭習俗，在泰本伏法的犯人須在臨刑前吟誦聖歌，人們還會在犯人死時或死前刊行輓歌。

25 墨丘利(Mercury)是古羅馬神話中眾神的信使，他的名字經常

以及墓室謊言，將我們的聖牆玷污，[26]

以及新年頌詩[27]，外加格拉布街一族。[28]

在這裏，呆廝女神閃耀雲遮的華光，

四大美德[29]撐起寶座，環繞在她身旁：

首先是猛將勇毅，他無懼任何噓聲，

無懼凌辱與凍餓，也無懼割耳之刑[30]；

其次是夷然節制，那些個如饑似渴

追求賣文事業的人，都受他的福澤；[31]

再次是明智，他使人懂得躲開牢獄；

被報章雜誌用作刊名。

26 “墓室謊言”指刻在教堂墓室裏的墓誌銘，銘文往往是虛假不實的阿諛之詞。

27 據原注所說，當時的桂冠詩人須為新年撰寫頌詩，以供宮廷慶祝元旦之用，而希伯撰寫的新年頌詩“別具一格”，使蒲柏不得不把這類詩歌列為抨擊對象。

28 格拉布街(Grub Street)是倫敦故城的一條街道，街上當時有許多印刷機構和賣文為生的潦倒文人，還有一些受政府資助的宣傳喉舌，以至於這條街逐漸變成了僱傭寫作和拙劣作品的代名詞。自己也曾在格拉布街賣文的英國詞典編纂家塞繆爾·約翰遜(Samuel Johnson, 1709–1784)曾經寫道：“新聞寫手全無德性，只知道窩在家裏，靠撰寫謊言牟取私利。這些文章不需要天才和學問，也不需要勤勉和精力，必不可少的只是不顧廉恥、漠視事實。”

29 西方古人所說的四大美德(four cardinal virtues)是勇毅(Fortitude)、節制(Temperance)、明智(Prudence)和正義(Justice)。詩中說的是這些美德的墮落變體。

30 此詩嘲諷對象之一、英國律師及作家威廉·普萊恩(William Prynne, 1600–1669)曾被控詆毀君王，因而遭受割耳之刑，參見本卷下文。

31 這兩行是戲仿《新約·馬太福音》的語句：“如饑似渴追求正義的人有福了，因為他們必得飽足。”

最後是詩性正義[32]，他手中天平高舉，
以便他精打細算，用金子稱量事實，
用沉甸甸的布丁，稱輕飄飄的頌詞。
女神從寶座凝望，黑暗混沌的深淵，
看種種無名物事，在昏睡之中企盼，
等某個溫暖三朝，或者開恩的雅各，[33]
將它們這等貨色，喚作戲劇或詩歌；[34]
看種種胚芽如魚卵一般，生機杳然，
看無聊的廢話呱呱墜地，初學哭喊，
看半成形的蛆蟲[35]，遵循謹嚴的法度，
想爬得有板有眼，跟上詩歌的音步。
區區一個字眼，可拼湊一百句雙關，
柔軟可塑的愚頑，總是能繞出新彎；[36]
五花八門的形象，撩動女神的興致，

---

32 詩性正義(Poetic Justice)是英國詩人及批評家湯瑪斯 · 萊默(Thomas Rymer, 1643–1713)創造的一個術語，指文學作品通過結局安排來勸善儆惡的敘事技巧。這裏的詩性正義是反語。

33 依照當時的劇場慣例，藉藉無名的劇作家若是把新戲送上舞臺，必須等新戲連演三晚(亦即製作方收回成本之後)才能拿到報酬；“雅各”指當時英國的大出版商雅各 · 童森(Jacob Tonson, 1655–1736)。

34 據原注所說，以上四行是戲仿英國醫生及詩人塞繆爾 · 加斯(Samuel Garth, 1661–1719)諷刺史詩《藥房》(*The Dispensary*, 1699)第六章的詩句：“他們在冥界的苗圃裏看見，/昏睡的花草，躺在花床上企盼，/等待開恩的陽光，發來喜人的宣諭，/解封土壤，喚醒它們的生機。”

35 “蛆蟲”的原文“maggot”兼具“空想、狂想”之義。

36 據原注所說，這一行是戲仿加斯《藥房》第一章的詩句：“柔軟可塑的物質，如何繞出新彎。”

全都是胡亂搭配，不倫不類的比擬。
她看見一堆化身，亂糟糟走向前方，
邊走邊瘋癲亂舞，使得她心花怒放；
看見悲劇和喜劇，緊緊地抱在一起；
看見鬧劇和史詩，合成混亂的品系；[37]
看見她一聲令下，時間便止步不前，
土國便移動位置，滄海也變成桑田。
於是有華麗篇章，説埃及喜迎雨水，
説新地能採果子，説巴卡能看花卉；[38]
白皚皚的座座山崗，閃耀冰雪寒光，
腳下的山谷卻美如錦繡，終年綠裝，
寒冷刺骨的十二月，開出芬芳繁花，
沉甸甸的彎垂穀穗，長在積雪之下。
透過放大場景的霧氣，這驅雲[39]女王，
觀看前述種種奇觀，以及其餘怪狀。

37 蒲柏推崇古典正統的文藝觀，反對當時一些作家混搭體裁的做法。

38 新地(Nova Zembla)是北冰洋裏的一個群島，全年冰封，沒有果子可採。巴卡(Barca)是北非古城，位於利比亞沙漠地帶，不是賞花佳處。另據原注所説，埃及的農業灌溉完全靠尼羅河的定期氾濫，根本用不着雨水。這幾行是諷刺安布羅斯·菲力浦斯(參見前文注釋)創作的《田園組詩》(*Pastorals*)，指責菲力浦斯一味追求辭藻華麗，意象豐富，不顧現實時空的真實情形。

39 “驅雲”原文為“cloud-compelling”，源自古希臘神話中主神宙斯的別號“cloud-gatherer”(聚雲者)。蒲柏把呆廝女神稱為“驅雲女王”，暗示女神的威力堪與宙斯匹敵。

只見她，身披貼有亮片的七色長袍，
洋洋自得地檢閱，她這些瘋狂創造；
看這些曇花一現的怪物，攀升跌落，
怪物都跟她一樣，滿身的五彩斑駁。
正是在這一天，豪富莊重的某某人[40]，
如塞蒙一般，在水上陸上同時得勝：[41]
(這排場倒無妨，只用不飲血的劍杖，
歡喜飾鏈，暖和裘衣，寬旗幡，寬臉膛。)[42]
但此時夜幕降臨，驕奢場面已終結，
只能借瑟透的詩篇，苟延一時半刻。[43]

---

40 “某某人”原文是兩個星號，表示姑隱其名。在《呆廝國誌》的早期版本當中，代替星號的是“Thorold”，指1719年擔任故城市長的英國富商喬治．梭羅德(George Thorold, 1666?–1722)。《呆廝國誌》最終版之所以用星號替代梭羅德的名字，是因為這個版本問世於1743年，如果還把梭羅德寫成市長，可能會顯得過時。

41 塞蒙(Cimon, 前510–前450)為古希臘將領及政客，曾率軍取得海戰和陸戰的勝利。另據原注所說，倫敦的“市長巡遊”一部分是走水路，一部分是走陸路。這兩行點明詩中情節發生在“市長日”。

42 這兩行說的劍、杖、飾鏈、裘衣都是故城顯貴在“市長日”穿戴的典禮衣飾，之所以說“無妨”，是因為“市長巡遊”雖然跟慶祝戰爭勝利的凱旋儀式一樣鋪張，卻不像後者那樣以鮮血為代價。

43 瑟透(Elkanah Settle, 1648–1724)為英國劇作家及詩人，從1691年開始擔任故城的“市立詩人”(city poet)，職責是每年撰寫獻給故城市長的頌詩，以及“市長巡遊”的慶典詩歌。除了撰寫應景詩歌之外，瑟透還經常以詩作向權貴邀寵或換取好處。慶典場面只能借他的作品“苟延一時半刻”，說明他的作品沒有生命力，不能使吟詠對象永垂不朽。

此時市長和治安官，皆已飽足安躺，
只不過還在夢裏，大嚼日間的奶黃[44]；
唯有沉吟的詩人，還在痛苦中警醒，
自己不眠不休，好讓讀者睡得安穩。
慶典使得這念舊的女王，悠悠回想，
一眾市屬天鵝[45]，曾在這城牆裏吟唱；
久久回味，他們的詩藝和古老頌歌，
以及他們，始自海伍德[46]的旺盛香火。
她喜孜孜地看見，這一脈永世長存，
每位先輩都給子嗣，打上光輝烙印：
好比心細的熊羆，付出塑形的關愛，
把熊羆的形體，賦予成長中的幼崽。[47]
躁狂的笛福，身上有普萊恩的光芒，[48]

44 奶黃(custard)由雞蛋牛奶混合加熱凝固而成，是故城慶典上的傳統美食。

45 "市屬天鵝"即市立詩人，之所以說"曾在這城牆裏吟唱"，是因為瑟透之後，倫敦故城廢除了市立詩人這個職位。

46 海伍德(John Heywood, 1497?–1580?)為英國詩人及劇作家，可能是倫敦故城的第一位市立詩人。但據英國書籍裝幀家西瑞爾 · 達文波特(Cyril Davenport, 1848–1941)所說，第一位正式的市立詩人是1657至1664年間擔任此職的約翰 · 塔薩(John Tatham)。

47 根據西方的民間傳說，熊崽生下來是個不成形的團塊，要靠母親用舌頭舔舐，才能長成熊的模樣。

48 普萊恩見前文注釋，笛福(Daniel Defoe, 1660?–1731)為英國著名作家，《魯賓遜漂流記》(*Robinson Crusoe*, 1719)的作者。普萊恩曾受割耳之刑，笛福也曾被枷號示眾，另據原注所說，把笛福稱作普萊恩的繼承者格外合適，因為兩人都既寫詩歌又寫政論。

尤斯登續寫，布萊克莫的無盡詩行；[49]
菲力浦斯蠕蠕爬行，像泰特的跟班，[50]
鄧尼斯的沖天怒火，盡顯神聖狂癲。[51]
她還看見自己形影，浮現此輩之身，
尤其是在貝斯[52]，那哺育怪物的胸襟；
造化差遣貝斯，來造福舞臺與王城[53]，
無論戲裏戲外，他都是成功的丑星。[54]
呆厮女神樂陶陶，看着這活泛呆厮，
想起她自己，也曾是活潑的代名詞。[55]
如今(幸運女神瞎眼！[56])貝斯賭運糟糕，

49 尤斯登見前文注釋。布萊克莫(Richard Blackmore, 1654–1729)為英國詩人及醫生。“無盡詩行”是説兩人都炮製了大量平庸之作。

50 菲力浦斯即安布羅斯·菲力浦斯。泰特(Nahum Tate, 1652–1715)為英國詩人，1692年成為桂冠詩人，原注説他詩風僵硬，全無創新。

51 鄧尼斯(John Dennis, 1657–1734)為英國批評家及劇作家，曾猛烈抨擊蒲柏。“神聖狂癲”原本指神示或天啟帶來的一種有似瘋狂的極端體驗，這裏則是反語，暗指鄧尼斯腦子有問題。

52 貝斯即科利·希伯，此詩的主要抨擊對象，參見前文注釋。

53 “王城”原文為“Town”，指倫敦的上流圈子，與代表商業文化的“City”(故城)相對。

54 希伯不僅是詩人和劇作家，還是個成功的喜劇演員，以飾演丑角聞名。

55 據原注所説，希伯曾在寫給蒲柏的信中如是自辯：“你至少得承認，我不光呆傻，而且活潑。什麼！難道我只是呆傻，還是呆傻，又是呆傻，永遠呆傻？”

56 西方民諺有“幸運女神青睞膽大者”和“幸運女神青睞傻子”之説。另據原注所説，希伯有三重理由得到幸運女神的青睞，因為他又膽大又呆傻，而且好賭(亦即相信運氣，崇奉幸運女神)。他抱怨幸運女神瞎眼，原因就在這裏。

劇場又觀眾寥寥，再不能得意狂笑：
我們的主人公晚飯不思，伏案嘶吼，
謾罵他的骰子之神，詛咒他的運頭。
然後咬他的筆桿，再把筆甩到地面，
心念一根筋往下鑽，沉入浩瀚深淵！
鑽下去尋找理性，卻發現深淵無底，
但他依然在絕望中掙扎，瞎寫一氣。
他的四周躺着許多胚胎，許多死嬰，
許多未完成頌詩，許多半截子劇本；
紛飛如雨的廢話，好比汩汩的鉛水，
偷偷溜出了，他腦袋的裂縫與溝回；
愚癡與狂熱結合，造就的一切產品，
呆傻熱量的碩果，庸才生下的臭精。[57]
接下來他眼珠一轉，掃視他的書籍，
樂顛顛地回憶，他竊取的所有東西，
回憶自己如何東嘬一滴，西偷一桶，
滿世界吸吮，像一隻勤勞的寄生蟲。
這裏有弗萊徹，被啃掉一半的場景，[58]

57 亞里士多德認為身體熱量是人類繁衍後代的一個關鍵因素，貝斯（希伯）的"熱量"既然"呆傻"，自然只能產生不像樣的後代（作品）；臭精（sooterkin）是西方傳說中的一種黑色怪物，跟老鼠差不多大，據說是一些荷蘭女人生出來的，原因是她們坐在暖爐上烤火，或者把暖爐放到了襯裙底下。

58 據原注所說，希伯的劇本大量剽竊了英國劇作家約翰·弗萊徹（John Fletcher, 1579–1625）的作品。

有慘遭活剝的莫里哀，華麗的鋪陳；[59]
有倒楣的莎翁，但卻是提博德所編，
使莎翁恨不得，親手塗掉他的詩篇。[60]
架上的其餘書籍，用場只是裝門面，
或是把房間填滿，如別的呆子一般；[61]
它們體量可觀，佔據相當大的空間，
或是像受寵的兒童，渾身金紅耀眼；[62]
或是依靠插圖，給蒼白的書頁遮醜，
夸爾斯便是如此，靠外來的美拯救。[63]
這裏有偉人奧吉比[64]，幾乎撐破書架，

---

59 希伯的劇作《叛逆教士》(*The Nonjuror*, 1717)改編自法國劇作家莫里哀(Molière, 1622–1673)的著名喜劇《偽君子》(*Tartuffe*, 1664)。

60 蒲柏曾編纂莎翁作品集，其後西奧博德(即提博德，見前文注釋)也編了一個版本，並聲稱蒲柏編的版本多有訛誤(後世學人普遍認為，西奧博德的版本確實優於蒲柏)，此事是兩人結怨的主要因由。莎翁戲劇集首版的編者曾稱頌莎翁文思敏捷，手稿沒有塗改痕跡，這兩行的意思是希伯剽竊莎翁，用的是西奧博德的版本，但這個版本極不忠實，莎翁如果看到自己的作品遭人如此篡改，會恨不得親手塗掉了事。

61 "別的呆子"指應邀在宴會上湊數的閒人。據原注所說，貝斯的藏書分為三個部分，第一部分供他剽竊之用，第二部分用於裝點門面，第三部分是神學書籍、古代評注、古代英譯著作等雜書。所有這些都是大部頭，適合堆築獻給呆厮女神的祭壇。

62 注重裝幀的人會像精心打扮孩子的家長一樣，給書籍加上紅色皮製封面和燙金裝飾。

63 夸爾斯(Francis Quarles, 1592–1644)為英國詩人，詩歌多與宗教有關。他的代表作《象徵詩集》(*Emblems*, 1634)包含許多插圖，蒲柏認為他的詩空洞無味。

64 奧吉比(John Ogilby, 1600–1676)是半路出家的英國作家及翻譯

有紐卡斯爾[65] 全集，金紋章閃耀奢華。
貝斯那些受難的兄弟，全都在這裏，
逃脱殉道的命運，躲過茅廁和火堆。[66]
好一份哥特藏書！希臘羅馬的焦土，[67]
以及可敬的瑟透、班克斯和布洛姆。[68]
書架高處，倒也有較比篤實的知識，
有經典之作，來自前無古人的時期；
有沉睡的卡克斯頓，旁邊躺着文肯，[69]

家，出版了許多裝幀華麗的大部頭。蒲柏少時酷愛奧吉比編印的插圖版荷馬史詩。

65 “紐卡斯爾”指紐卡斯爾公爵夫人瑪格麗特·卡文迪許(Margaret Cavendish, 1623–1673)，她打破女性匿名發表作品的當時習俗，以真名出版了大量著作，由此招致時人譏諷。她的著作通常封面燙金，印有家族紋章。

66 這兩行意思是，前述作家都跟貝斯一樣，是沒有文才硬要從文的蹩腳作家。他們的著作沒有價值，本來會成為廁紙或燃料，但貝斯收藏了這些書，給它們提供了避難所。

67 西元三至五世紀間，日爾曼民族哥特人(Goth)劫掠羅馬帝國，造成巨大的文化破壞。“哥特”在西方文化中往往是野蠻愚昧的代名詞，與代表古典文化的希臘羅馬相對。

68 據原注所説，蒲柏之所以特意點出貝斯(希伯)的藏書包括這三個人的著作，是因為他們分別對應希伯的三個側面：瑟透與希伯同為官聘詩人；班克斯(John Banks, 1650?–1706)與希伯同為悲劇作家；布洛姆(Richard Brome, 1590?–1652)和希伯一樣慣於剽竊。除此而外，蒲柏在詩中把“Brome”(布洛姆)寫成了“Broome”(布茹姆)，可能是為了捎帶着諷刺威廉·布茹姆(William Broome, 1689?–1745)。蒲柏曾僱請布茹姆協助自己翻譯荷馬史詩，但又對布茹姆頗有不滿。

69 卡克斯頓(William Caxton, 1422?–1491?)是英國歷史上第一個印刷商，文肯(Wynkyn de Worde, ?–1534?)是卡克斯頓的助手和後繼者，兩人印行了大量古典作品。

一個是木板書封，一個是牛皮裝訂；
有神學著作的乾屍，像一堆木乃伊，
靠香料才得保存，許多年無人搭理；
有德利爾[70] 評注，排成一張可怕的臉，
有斐樂蒙[71] 譯著，壓得書架變形呻喚。
突發奇想的貝斯，抄起十二本[72] 書籍，
它們部頭最大，逃脫了蠟燭和餅子，[73]
如今被他用作材料，築起一座祭壇：
祭品清潔無瑕，數量適合大型祭典；[74]
一本對開的摘抄簿，給祭品堆墊底，
貝斯的所有作品，無不以它為基石；
各色四開八開書本，碼成一座尖塔，
一篇祝壽歪詩，充作火葬堆的塔剎。[75]
貝斯唸道："馴服人類藝文的尊神啊！
"你是我至高主上，我為你時刻牽掛；
"呆厮女神啊！我捍衛你古老的大業，

70 德利爾(Nicholas de Lyra, 1270?–1349)為法國修士及學者，中世紀的權威《聖經》注家。

71 斐樂蒙(Philemon Holland, 1552–1637)為英國醫生及翻譯家，將許多拉丁古典著作譯成了英文。

72 《舊約 · 出埃及記》等處多次提及為數十二的祭壇構件、祭獻器皿或祭品。

73 意即這些書籍本來可能被人撕開，用來點蠟燭，或是充當餡餅烤盤的襯紙。

74 如下文所說，祭品都是貝斯自己的詩作，這些詩沒人買也沒人讀，所以"清潔無瑕"。

75 桂冠詩人的職責之一是為君王壽誕撰寫頌詩。

"從活寶爵士憑藉假髮，得寵的時刻，[76]
"直至我贏得最終榮耀，御酒[77]與桂冠；
"我的繆斯自你而生，終身供你驅遣；
"你呀！你就是一切事業的指路明燈，
"人類腦袋有了你，如滾球有了重心，
"雖然說滾得費勁，走位卻更加精到，
"歪歪扭扭地滾向，視野之中的目標；[78]
"噢！你對迷惘的人類，始終恩德無邊，
"至今用療傷的迷霧，罩住人類心田；
"還讓我們在原初黑夜裏，安享快樂，
"除非才智的狂亂光舞，引我們犯錯。
"萬一有某個活寶，露出才智的端倪，
"你會謹守邊界，不讓才智走向真知；
"或者把理性的思維，一股腦地攪亂，
"然後用古怪蛛網，取代理性的絲線！[79]

76 1696年，希伯的喜劇《愛的絕地反擊》(*Love's Last Shift*)登上舞臺，希伯在其中飾演愛出風頭的丑角"新時尚爵士"(Sir Novelty Fashion)，也就是詩中所說的"活寶爵士"(Sir Fopling)。這部戲風靡一時，據原注所說是希伯贏得上流社會青睞的開端，劇中的"活寶爵士"戴着誇張的假髮。

77 從1630年開始，英王會逐年向桂冠詩人頒賜美酒，至1790年才依照新任桂冠詩人亨利 · 詹姆斯 · 派(Henry James Pye, 1744–1813)的請求，代之以等值現金。

78 起源於十二或十三世紀的草地滾球(bowls)是英國人十分熱衷的運動，其規則大致與冰壺相同，以將球滾到距目標球較近的地方為勝。滾球通常是木頭做的，重心不在球的中心，滾的時候會發生偏轉，選手必須手法嫻熟，才能把球滾向目標。

79 據原注所說，單獨的才智或理性並不能對呆廝女神構成嚴重

"我的空乏，我的機變，我的激情火焰，
"全靠呆廝女神庇佑，賜予它們靈感，
"好比有了氣槍驅使，鉛丸也能飛翔，
"笨重的子彈，也能閃電般劃過穹蒼；
"又好比大鐘，靠重力才能靈敏走時，
"上方的齒輪，動力來自下方的墜子。
"妖魔(恕我用詞不恭)曾偷走我的筆，
"害得我一度犯錯，寫出了些許常識：
"否則我的散文韻文，本可保持一貫，
"要麼是浮誇詞賦，要麼是跛腳詩篇。
"難道我那些活寶，在臺上顯得拘泥？
"我的一生能給人類，更豐富的教益。
"難道僵死的文字，算不上有力證言？
"鮮活生動的範例，終歸能感化愚頑。[80]
"但天命若然有意，拯救女神的帝國，
"肯定會讓我的作品，多活一時半刻。
"要說有人能單拳隻手，拯救特洛伊，
"只能是我這支，效命女神的鵝毛筆。[81]

的威脅，除非才智與真知相結合，理性與功用相結合。正因如此，呆廝女神務必阻礙才智走向真知，並用既不真實又無用處的"蛛網"取代"理性的絲線"。

80 以上四行是貝斯在呆廝女神面前的自辯，意思是他的戲劇和詩文雖然偶爾誤入"常識"的歧途，他的人生卻是呆傻的樣板，足可引領更多的人皈依呆廝女神。

81 以上四行暗用了古羅馬詩人維吉爾(Virgil, 前70–前19)英雄史詩《埃涅阿斯紀》(*Aeneid*)的典故，將女神的帝國比作覆滅的

“如今我當如何？是扔掉我的弗萊徹，
“把指引過我的《聖經》，重新奉為圭臬？[82]
“還是去走，冒險英雄們愛走的蹊徑，
“把骰盅當作雷霆，把右手當作神明？[83]
“還是去懷特俱樂部，充當博士首席[84]，
“教賭徒指天發誓，教貴人使詐用計？
“又或者你的要求，是讓我投身黨爭？
“(你鼓勵黨爭，和所有拉幫結派之人；
“繩頭他們隨便選，繩子總是同一根；
“瑞帕斯或者米斯特，女神一視同仁。)[85]

特洛伊城(Troy)。特洛伊遭受希臘聯軍圍攻之時，特洛伊王族的安喀塞斯(Anchises)曾說：“眾神若有意延續我的生命，必定會保住這座城。”特洛伊即將陷落之時，戰死的特洛伊第一勇士赫克托耳(Hector)托夢給安喀塞斯的兒子埃涅阿斯(Aeneas)，叫他逃離特洛伊，不要再繼續守城，因為“要說有人能單拳隻手，拯救特洛伊，/那也只能是，我(赫克托耳)的這隻手臂。”這四行說明，貝斯已經對呆廝女神的“大業”感到絕望。

82 如前文注釋所說，弗萊徹是希伯(貝斯)的剽竊對象。另據原注所說，希伯的父親曾經想把希伯培養成教士。這兩行的意思是貝斯想放棄寫作，遁入教門。

83 這兩行是說貝斯打算投身賭場，用搖骰盅發出的聲音比擬雷霆，搖骰盅的右手比擬決定運氣的神靈。

84 懷特俱樂部(White's)是倫敦最古老的紳士俱樂部，始創於1693年，至今猶存。在蒲柏的時代，這家俱樂部以賭博風行聞名，會員包括希伯；“博士”原文為“doctors”，“doctor”一詞兼有“博士”和“灌鉛骰子”之義，中文“博士”，字面亦可解為“賭博之士”。另據原注所說，以上四行代表貝斯投身賭場的兩個選擇，一個是公平賭博，一個是使詐騙錢。

85 當時英國的主要政黨是輝格黨(Whigs)和托利黨(Tories)，前者在朝，後者在野。瑞帕斯(George Ridpath, ?–1726)是輝格黨

"難道我該學克修斯[86]，懷着絕望赤誠，

"為共和國的利益，獻出全部的生命？

"還是該嘎嘎作聲，捍衛托利的王權，

"使得古羅馬的鵝群[87]，再無榮耀可言？[88]

"且慢 —— 我還是更想，為那位大臣效力；

"女王啊！為他奔走，無異於為你服役。[89]

"看哪！連你的公報寫手，也已經放棄，

"連拉爾夫也後了悔，亨萊也停了筆。[90]

的喉舌，米斯特(Nathaniel Mist, ?–1737)是托利黨的吹鼓手。蒲柏雖然傾向於托利黨，但這幾行詩表明他厭惡勾心鬥角的黨爭，並不偏袒任何一方。

86 克修斯(Marcus Curtius)是古羅馬共和國的傳奇勇士。據說在西元前362年，羅馬發生了地震，致使羅馬廣場上出現一個巨大的深坑。占卜師說眾神要求羅馬獻出最寶貴的財富，深坑才能合攏。勇士克修斯認為羅馬最寶貴的財富是武裝和勇氣，於是全副武裝，騎馬跳進深坑，深坑即刻合攏。

87 據說古羅馬的鵝群曾在高盧人夜襲時嘎嘎作聲，驚醒了羅馬人，拯救了羅馬城。

88 以上四行是貝斯在盤算，究竟是繼續支持輝格黨(希伯屬於輝格黨陣營，該黨極力維護議會權威，故有"共和國"之說)，還是賣身投靠托利黨(托利黨極力維護王權)，為托利黨大肆鼓吹，使"古羅馬的鵝群"相形見絀。

89 "那位大臣"指權傾一時的輝格黨領袖羅伯特·沃波爾(Robert Walpole, 1676–1745)。此人是英國歷史上第一位事實上的首相，蒲柏對他十分反感。這裏的"女王"既是指呆厮女神，同時也暗指喬治二世的王后卡羅琳(Caroline of Brandenburg-Ansbach, 1683–1737)，她對沃波爾十分賞識。

90 "公報"指當時的英國報紙《每日公報》(*Daily Gazetteer*)，該報長期充當沃波爾的首要宣傳喉舌，但在1742年沃波爾辭職後軟化了黨派立場；拉爾夫(James Ralph, 1705–1762)為英國政論家及歷史學家，曾為政府鼓吹，後轉入反政府陣營；亨萊(John Henley, 1692–1756)為英國教士及演説家，曾為維護政府

"我們還剩下什麼？只剩下我們自己，
"依舊是，依舊是希伯面皮，希伯腦子。
"我這份厚顏活力，格外受鄉紳青睞；
"我這份精緻冷酷，使貴族戚戚同懷；
"我這份透頂荒唐，吸引人精和草包；
"這盤雜燴兼具，霍克萊和懷特[91]味道；
"公爵和屠户都叫好，送我花冠一頂，
"我娛樂上流社會，既是熊又是提琴。[92]
"唉，爾等因罪孽而生，因蠢舉而問世！
"爾父之過使爾等，已遭或將遭詬詈！[93]
"去吧，去接受火焰的洗禮，升入天際，
"我這些格外優秀、格外規矩的子女！[94]
"你們清白無瑕，無人觸碰，仍是童身，
"不像你們那骯髒的姊妹，滿街弄影。

權威而攻擊蒲柏，但於1741年關掉了他主編的親政府週刊。

91 霍克萊(Hockley-in-the-Hole)是當時倫敦的一個下流地方，有鬥牛、鬥熊等低俗表演，"懷特"即前文所說的懷特俱樂部，是一個上流場所。

92 當時的鬥熊表演(一般是讓狗和熊相鬥)通常以提琴音樂開場。"提琴"原文為"fiddle"，兼具"騙局""笑柄"之義。

93 這兩行及以下獨白都是貝斯對自己的作品(行將付之一炬的祭品)說的話。

94 "格外優秀、格外規矩"指貝斯(希伯)的作品無人問津，因此"清白無瑕"，同時影射希伯的一些子女不守規矩的事實。希伯的兒子希奧菲勒斯·希伯(Theophilus Cibber, 1703–1758)是個演員，私生活聲名狼藉，幼女夏洛特·恰克(Charlotte Charke, 1713–1760)也是演員，希伯與她斷絕了父女關係。

"你們不用乞討，不像布蘭德的贈報，
"拿着要飯的執照，滿世界浪蕩招搖；[95]
"也不用隨瓦德遠航，前往猿猴之地，
"當地人拿劣等煙草，交換下流詩句；[96]
"不會蘸上硫磺，用來點酒館的燈燭，
"也不會包上柳丁，助他人攻擊為父！[97]
"噢！你們會以嬰孩的狀態，清白解脱，
"進入泰特前輩的居所，宜人的靈泊；[98]
"或者是坦然湮滅，領取汩沒的福澤，
"在夏德維爾[99]懷裏，享受永遠的安歇！

95 據原注所説，《每日公報》之類的政府宣傳品往往免費贈閱，還可以免費投遞到英國各地；布蘭德(Henry Bland, 1677?–1746)為英國教士，曾任伊頓公學校長，曾為《每日公報》前身《每日新聞報》(*The Daily Courant*)寫稿。蒲柏把這類贈閱宣傳品比作獲得官方許可去外鄉討飯的乞兒。

96 這裏的瓦德指愛德華．瓦德(Edward Ward, 1667–1731)。瓦德為英國諷刺作家，著有反映倫敦生活的通俗作品《倫敦近觀》(*The London Spy*)。據原注所説，瓦德的作品在英國的各個殖民地("猿猴之地")很受歡迎。

97 硫磺火柴(蘸了硫磺的木條)源自古羅馬，至十八世紀仍有使用；當時的劇場售賣用紙包裹的柳丁，憤怒的觀眾可能會用柳丁投擲演員。

98 泰特也是桂冠詩人，因此是希伯的前輩，參見前文注釋；靈泊(Limbo)是基督教所説一個介於天堂地獄之間的處所，用於安置死在基督降生之前的義人，以及未受洗禮的夭亡嬰兒。

99 夏德維爾(Thomas Shadwell, 1642?–1692)為英國詩人及劇作家，1689年成為桂冠詩人。據《新約．路加福音》所載，乞丐拉撒路死後，被天使帶去，"放在亞伯拉罕懷裏"(亞伯拉罕是《聖經》記載的以色列人始祖)。這兩行暗用了這個典故，把亞伯拉罕換成了前輩詩人夏德維爾。"亞伯拉罕的懷抱"和靈泊都是義人死後前往的處所，但都不是真正的天堂。

"去吧，快快回歸，那一團混沌的囈語，
"已毀之物在那裏，與未生之物彙聚。"[100]
説話間一滴淚水(誇張的仁慈表記！)，
悄悄滑過這位大師，七層厚的面皮；
他三次高高舉起，自作的壽誕頌詩，
三次又抖抖索索，把詩篇放回原地；
最後他移開視線，將祭壇供品點燃，[101]
滾滾濃煙，裹住他敬奉女神的祭獻。
他的書次第露頭，顯現在煙霧隙罅，
先是起火熙德，又輪到燃燒佩羅拉；
偉大的愷撒在火中咆哮，嘶嘶切齒，
約翰王默默無聲，乖乖地歸於一死；
親愛的叛逆教士，再沒有任何長處，
莫里哀的老麥茬，轉眼間葬身火窟。[102]

---

100 英國詩人約翰·維爾莫特(John Wilmot, 1647–1680)曾將古羅馬哲學家及作家塞內卡(Seneca, 前4?–65)的詩作《特洛伊女人》(*Troades*)譯成英文，譯本中有這樣的詩句："死去之時，我們成為世界的贅餘，/將會被掃進，那一團混沌的物質，/已毀之物和未生之物，都貯藏在那裏。"

101 以上三行暗用了卡呂冬(Calydon)王后埃爾西亞(Althaea)殺死親生兒子麥萊亞戈(Meleager)的神話典故。據奧維德《變形記》第八卷所載，命運女神預言麥萊亞戈的生命與一塊木頭相連，如果木頭被燒毀，麥萊亞戈就會死亡。埃爾西亞小心保藏這塊木頭，但後來得知麥萊亞戈殺死了她的幾個兄弟，於是決定燒毀木頭，殺死麥萊亞戈。她點起一堆火，"四次想把致命的木頭，扔進火堆，/四次又躊躇猶豫，不忍下此毒手"，最後才"扭開了臉，把致命的木頭扔到火裏"。

102 "熙德"指希伯根據法國劇作家高乃依(Pierre Corneille, 1606–1684)劇作《熙德》(*Le Cid*, 1637)改編的戲劇《希梅

貝斯再度落淚，像蒼白的普里亞姆，
眼看最後的烈火，將伊林化為煙霧。[103]
燒書的光焰，驚動古老的呆廝女神，
她抬起頭來，從床邊抄起《蘇里》[104]一本，
突然間飛臨現場，用《蘇里》蓋住火堆，
火頭便立刻低落，嘶一聲變作冷灰。
女神的龐大身形，把整個房間填滿；
一張霧氣紗冪，放大她威嚴的容顏：
她實是光彩照人！一如她凝視市長
和治安官，教他們裝腔作勢的辰光。[105]
她吩咐貝斯，去她的殿宇[106]聽候差遣，
貝斯欣然前往，立刻感覺回返家園，

納》(*Ximena*, 1712)；“佩羅拉”指希伯劇作《佩羅拉和伊薩朵拉》(*Perolla and Izadora*, 1705)；“愷撒”指希伯劇作《愷撒在埃及》(*Caesar in Egypt*, 1724)；“約翰王”指希伯劇作《約翰王一朝的教皇暴政》(*Papal Tyranny in the Reign of King John*)，該劇因政治原因遭到禁演(1745年才上演)，故有“默默無聲”之説；“叛逆教士”指希伯的同名劇作，該劇是由莫里哀作品改編而來(參見前文注釋)，等於撿拾莫里哀剩下的“老麥茬”。

103 普里亞姆(Priam)是特洛伊的末代君王，在希臘聯軍攻佔並焚掠特洛伊之時被殺。伊林(Ilion)是特洛伊的別名。

104 菲力浦斯的《蘇里》見本卷概述的相關注釋。

105 這兩行借用了維吉爾《埃涅阿斯紀》當中智慧女神雅典娜在埃涅阿斯(埃涅阿斯是雅典娜的兒子)面前現身的場景，戲仿英國詩人約翰·德萊頓(John Dryden, 1631–1700)《埃涅阿斯紀》英譯本當中的詩句：“她實是光彩照人，一如她凝視上界眾神，/使眾神對她，心生仰慕的時分。”德萊頓是英國第一位桂冠詩人，蒲柏對他十分推崇。

106 呆廝女神的“殿宇”即前文中的“小築”。

好比靈魂結束，在凡塵俗世的遊蕩，
飄飄然升入天堂，認出自己的故鄉。[107]
這偉大母親[108]，覺得這殿宇無比珍貴，
這是她的包打聽[109]俱樂部，或說行會；
她在這裏種她的鴉片，養她的鴟鴞，
在這裏設下寶座，好招待頭號草包。
她向她選定的代表，展示所有本領：
如何給散文湊韻，將韻文拖成散文；
胡思亂想將如何，偶或顯得有意義，
偶或又將記憶中的常識，統統拋去；
如何使得序篇，墮落到序言的境地，
如何將序言降格，使之與注釋無異；
如何使所有學者，不厭惡索引學問，
反倒把知識鰻魚的尾巴，牢牢抓緊；[110]

107 興起於西元三世紀的新柏拉圖主義哲學(Neoplatonism)認為，靈魂源自天堂，最終可以重歸天堂，俗世生活只是一種暫時的放逐。

108 據原注所說，稱呆廝女神為“偉大母親”(the Great Mother)，是把她比擬為古羅馬的“*Magna mater*”(意為“偉大母親”)。古羅馬人崇奉的“偉大母親”，指的是從亞洲弗里吉亞地區(Phrygia, 今屬土耳其)引入的大地母神庫柏勒(Cybele)。庫柏勒是天上眾神和地上萬物的母親，代表大自然的化育之力。

109 “包打聽”原文為“quidnunc”，源自拉丁短語“*quid nunc*”(意為“有什麼新聞嗎？”)，指熱衷於打聽新聞八卦的人。

110 給書籍附上索引的做法，當時還是種新鮮事物。這兩行意思是，索引會導致讀者投機取巧，不認真閱讀書籍，以至於學問浮滑。索引總是在書的末尾，所以有“尾巴”之說。斯威夫特曾在諷刺作品《桶的故事》(*A Tale of a Tub*, 1704)當中寫道：“整本書都受索引的主宰和操縱，正如魚兒受尾巴的擺佈。”

區區一件似今實古、以舊充新之物，
拼貼弗萊徹、莎翁、高乃依和普勞圖，[111]
無甚法國底蘊，希臘羅馬更不必説，
將如何造就，奧澤爾、提博德或希伯，[112]
儘管它所含學問，還不夠重犯免死，[113]
所含才賦，還不如神對猿猴的恩賜。
女神展示完本領，便念誦神秘咒文，
將神聖鴉片，撒上貝斯受膏的頭頂。
看哪！女神的聖鳥(這是隻醜怪飛禽，
有些像海德格爾[114]，又有些像貓頭鷹)，
降落在貝斯腦顱。[115]“歡呼吧！再次歡呼，

111 普勞圖(Plautus, 前254?–前184)為古羅馬劇作家，餘人見前文注釋。

112 提博德見前文注釋，奧澤爾(John Ozell, ?–1743)為英國翻譯家，蒲柏和斯威夫特的老對頭。

113 據《大英百科全書》所説，十五至十八世紀，英格蘭的重犯如果能證明自己識字，就可以逃脱死刑。證明識字的方法則是讀出或背出《舊約 · 詩篇》第五十一章第一節：“神啊，求你以你的慈悲憐憫我，以你無邊的仁愛，抹去我的罪行。”

114 海德格爾(John James Heidegger, 1666–1749)是移居英國的瑞士人，長相奇醜，在英國大力推廣假面舞會和歌劇之類為蒲柏所不取的娛樂，因此發家致富。海德格爾還曾為喬治二世的加冕禮設計特效。

115 塗膏灌頂是一種推立宗教或世俗領袖的古代儀式，意義略似洗禮。詩中這個儀式是一種褻瀆神聖的仿擬，場景類似耶穌受洗，儀式參與者構成邪惡的“三位一體”，呆厮女神、貝斯和怪鳥分別取代聖父、聖子和通常以鴿子為象徵的聖靈。據《新約 · 馬可福音》所載，耶穌受洗之時，“聖靈彷彿鴿子，降落在他身上，與此同時，天上傳來一個聲音，‘你是我的愛子，我對你十分滿意。’”

"我的愛子！應許之地[116]，將以你為君主。
"要知道尤斯登，戒絕了御酒和誇讚，
"他已經入土長眠，與往古呆廝為伴；
"那裏沒有批評毒舌，沒有債主追蹤，
"安息着悖時的韋瑟、瓦德和吉爾東[117]，
"以及更顯赫的先輩，大家子霍華德[118]，
"外加那個上流呆瓜，組成完整隊列。[119]
"希伯啊！你，將會戴上尤斯登的桂冠，
"我兒愚癡女神，仍有朋友在朝掌權。
"爾等王公，速速開門，迎接他的來臨！
"速速奏響，爾等提琴，收煞貓叫之聲！[120]
"速速用癲狂的月桂，爛醉的葡萄蔓，
"骯髒諂媚的匍匐常春藤，編成冠冕。
"還有你！你當副官，給我兒郎們帶隊，

116 應許之地(promised land)是《聖經》中上帝許給以色列人的樂土，這裏是指呆廝女神的帝國。

117 韋瑟(George Wither, 1588–1667)為英國詩人，多產卻平庸；瓦德即愛德華·瓦德，見前文注釋；吉爾東(Charles Gildon, 1665?–1724)是英國傭傭文人的典型，寫有大量類型多樣但品質不高的作品。

118 霍華德(Edward Howard, 1624–1712)為英國劇作家，作品廣受時人譏諷。他的父親是伯爵，故有"大家子"之說。

119 在《呆廝國誌》的一些較早版本當中，這一行是："等待着H–y加入，光耀他們的隊列。"由此可知，"上流呆瓜"(Fool of Quality)指的是英國朝臣及政論作家赫維勳爵(Lord Hervey, 1696–1743)。赫維是王后的密友，蒲柏的對頭。他到1743年8月才去世，所以較早版本有"等待着"之說。

120 提琴是劇場樂隊常用的樂器，當時的人們把憤怒觀眾的尖利哨聲稱為"貓叫"(cat-call)。

"要拿上機鋒、反襯和雙關，略修武備。[121]
"還有我的乖女們，下流姑和髒話嬸[122]，
"你倆協助他衝鋒，罵街婆為他壓陣。
"借助他悉心安排，再加上阿徹照應，
"賭桌和格拉布街，可溜進君王後庭。[123]
"噢！何時才會有，任我們擺佈的君主，
"讓我搖他的寶座，像搖搖籃的慈母；
"讓我在主上和民眾之間，拉起簾幕，
"不讓他見天光，不讓他受法律約束；
"以便養肥一眾朝臣，餓死飽學之士，
"用乳汁餵養軍隊，不留給百姓一滴；
"直至議會，被我的神聖搖籃曲催眠，
"所有人昏昏入睡，像聽了你的詩篇。"

女神講完，王室教堂[124]歌手即刻亮嗓，
異調同聲地高唱，"上帝保佑希伯王！"

---

121 一些西方學者認為"副官"是指赫維勳爵，依據是赫維的文風和蒲柏抨擊赫維的文字。但這種解釋略顯情理不通，因為上文已經把赫維歸入了死者的行列。

122 "髒話嬸"原文為"Billingsgate"(比靈斯蓋特)，這個詞是倫敦最大魚市的名稱，現已兼有"髒話"之義，因為魚市上的販魚婦女經常使用不文明的語言。

123 以上兩行是說，貝斯(希伯)使得拙劣詩文(格拉布街)混進宮廷，阿徹(Thomas Archer, 1668–1743)則使得宮廷裏有了賭桌。阿徹為英國建築師，1705至1743年間擔任王宮內飾總管。

124 王室教堂(Chapel Royal)指的是隨侍英王的一班教士和歌手，這些人當時的駐地是英王所在的聖詹姆斯宮(St James's Palace)。

懷特親熱地叫喊，“上帝保佑科利王！”
杜里巷隨聲附和，“上帝保佑科利王！”[125]
勝利歡呼，迅速在尼德姆[126]那裏響起，
但尼德姆一向虔誠，沒提“上帝”二字。
歡呼聲的餘音，嫋嫋傳回惡魔酒館，[127]
霍克萊的屠户，齊聲發出“科爾！”吶喊。[128]
場面正如朱庇特的木頭，從天而降
(這是你偉大的先輩，奧吉比的吟唱[129])，
發出雷鳴般的巨響，響徹整個泥塘，
蠻族便呱呱叫嚷，“上帝保佑木頭王！”

---

125 懷特即懷特俱樂部，杜里巷(Drury Lane)是倫敦的一條街，當時是劇院和妓院聚集的地方。希伯跟這兩個地方很熟，所以這兩個地方的歡呼不稱姓氏，用的是希伯的名字“Colley”(科利)。

126 尼德姆(Elizabeth Needham, ?–1731)是當時倫敦的著名老鴇，她的主顧通常來自上流社會。

127 惡魔酒館(the Devil)是當時倫敦的一家著名酒館，希伯經常在這裏配樂排演獻給宮廷的頌詩，以至於時人嘲諷，說他這些頌詩“從‘惡魔’來到宮廷，又從宮廷去往‘惡魔’”。英文習語“go to the devil”(字面意思是“去往惡魔”)是“完蛋”“滾蛋”的意思。

128 霍克萊見前文注釋。“科爾”(Coll)是比“科利”更顯親昵的稱呼。

129 奧吉比(參見前文注釋)著有根據伊索寓言改編的《詩體伊索寓言》(*The Fables of Aesop Paraphras'd in Verse*, 1651)，書中第十二則寓言是《想要國王的蛙族》(*Of the Frogs Desiring A King*)，情節是泥塘裏的蛙族祈求朱庇特賜給它們一個國王，朱庇特便扔給它們一段木頭。蛙族起初很高興，歡呼“朱庇特保佑木頭王”，後來發現木頭沒有動靜，便祈求朱庇特換個新王。朱庇特給它們一隻鸛鳥，鸛鳥猛吃蛙族，蛙族又要求換新王，朱庇特說你們這是自作自受。另據原注所說，蒲柏認為奧吉比是個蹩腳作家，像樣的文字只有這則寓言。

第二卷

概述

新王既已登基，隆重大典少不得助興節目，於是乎，各式各樣的公開競技和比賽活動宣告開場。維吉爾《埃涅阿斯紀》記述的競賽是由主人公埃涅阿斯[1] 舉辦，此次競賽卻與之不同，係由呆厮女神親自發起，為的是增添競賽的分量(與此相類，按照古人的說法，得爾斐和地峽[2] 之類的競賽也是出自諸神的諭旨。除此而外，據荷馬《奧德賽》第二十四卷所載，忒提斯女神同樣是親自到場，為紀念她兒子阿喀琉斯的競賽設了獎項[3])。詩人和評論家蜂擁而至，充當參賽選手，可想而知，他們身邊也有贊助人和書商相陪。為了取樂，女神首先為書商舉辦比賽，拿一位幽靈詩人充當獎品，讓他們奮力爭奪。這項比賽精彩

1 據維吉爾《埃涅阿斯紀》第五卷所載，埃涅阿斯為紀念父親逝世一週年舉辦了競賽活動。

2 得爾斐競賽(Pythia)和地峽競賽(Isthmia)都是古希臘人的大型競賽活動。

3 根據古希臘神話，海洋女神忒提斯(Thetis)是特洛伊戰爭中希臘聯軍第一勇士阿喀琉斯(Achilles)的母親。據荷馬史詩《奧德賽》第二十四卷所說，阿喀琉斯在特洛伊戰爭中陣亡之後，忒提斯曾向諸神討要獎品，以此為紀念阿喀琉斯的競賽活動增色。

紛呈，事故頻頻。下一項比賽以一位女詩人為錦標，再下來是各位詩人的技藝比拼，項目包括溜鬚拍馬、大吼大叫和跳水，第一項比試賣身技藝及實踐，第二項針對的是爭吵專家和嘩眾詩人，第三項則針對淵深暗昧、骯髒污穢的黨派喉舌。最後，女神(十分得體地)提出倡議，讓各位評論家來場比賽，比的不是他們的才能，而是他們的耐性。女神找來兩位高產作家的作品，一位寫的是韻文，一位寫的是散文，各位評論家必須聽人慢條斯理地誦讀這些作品，看誰能堅持到底，不至於昏昏入睡。比賽造成種種效應，選手表現各有等差，最終結果則是全體人員，不光是參賽的評論家，還包括觀眾、演員和在場一切人等，無一例外酣然入夢。既是如此，賽事便理所當然、勢所必然地歸於終結。

偉大希伯高踞華貴交椅，光彩勝過
亨萊那個金裝講臺[4]，勝過弗萊克諾

4 據原注所說，亨萊(參見前文注釋)宣講所用的講臺鋪有天鵝絨，並且飾有黃金。

那個愛爾蘭寶座[5]，勝過寇爾的專席[6]，
雖然席上堆滿，公眾撒的香穀金雨。[7]
他面帶傲然譏誚，像身登帕納索斯[8]，
唇邊是自得傻笑，眼中是跋扈斜睨。
所有人的目光，全都在他身上聚集，
他們久久地凝視，一個個變成白癡。
他的儕輩[9]環繞四周，沐浴他的光澤，
心中添幾分呆傻，臉上多幾抹銅色[10]，
好比天穹裏的閃閃火花，放射星芒，
全靠用淺甕汲取，太陽的磅礡輝光。[11]

5 弗萊克諾(Richard Flecknoe, 1600?–1678)為英國劇作家、詩人及音樂家。原注說他是個愛爾蘭神父，但卻拋棄正業，投身於文學創作。德萊頓的諷刺史詩《麥克·弗萊克諾》(*Mac Flecknoe*, 1682)以他為主要諷刺對象，詩中說他"高踞在一個他自己堆築的寶座"(堆築寶座的材料是他自己的著作)。《麥克·弗萊克諾》是《呆廝國誌》的借鑒對象之一。

6 寇爾(參見前文注釋)曾因洩露國家機密而被處枷號之刑，這裏的"專席"指他枷號示眾的枱子，下一行的"香穀金雨"則指圍觀者向他投擲的臭麥芽(釀酒用剩的廢渣)和臭雞蛋。

7 據原注所說，這四行是戲仿彌爾頓《失樂園》第二卷的開篇詩句："撒旦高踞帝王御座，光彩勝過/霍爾木茲和印度的堂皇座席，/勝過華貴東方，以最奢靡的手筆，/用珍珠和黃金，為蠻族君王裝點的龍椅。"

8 帕納索斯(Parnassus)為希臘名山，在古希臘神話中是酒神狄俄尼索斯(Dionysus)和太陽神阿波羅(Apollo)的聖山，還是文藝女神繆斯的居所。

9 "他的儕輩"原文為"his peers"，亦可解為"他的貴族擁躉"。

10 "銅色"原文為"bronze"，意為"青銅色的"，並可使人聯想到"brazen"(黃銅色的/厚顏無恥的)。

11 可參看彌爾頓《失樂園》第七卷描述群星反射陽光的詩句："其他星星也像汲取泉水一樣，/用它們的金甕汲取輝光，/

羅馬當年的笑顏，至多也只是這般，
當它看到奎爾諾，由教皇親手加冕，
看到這才智的死敵，君臨本城七丘，
由一眾紅帽簇擁，高坐卡比托峰頭。[12]
女神此時起意，給孩兒們找點樂子，
於是讓走卒宣告，盛大的英雄競技。
呆廝族傾巢趕來，如潮水連綿不斷，
以至於這片國土，霎時間空了一半。
好一盤大雜燴！有長假髮有口袋髻，
有絲袍有薄呢，有嘉德也有百結衣，[13]
來自學院，來自閣樓，來自華堂廣廈，
徒步或騎馬，出租馬車或鍍金座駕；
為女神效命的地道呆廝，悉數現身，
再加上所有那些，獎掖呆廝的恩人。
他們在一片開闊的地面，站好位置，
這裏曾有高大的五月柱，俯臨河涘，

如此這般，晨星才能夠放射金芒。”

12 奎爾諾(Camillo Querno, 1470–1530)為意大利蹩腳詩人。他聽說教皇利奧十世(Leo X, 1475–1521)獎掖文藝，便前往羅馬，獻上二萬行長詩。教皇視他為小丑，假模假式地封他為“大詩人”(*archipoeta*)，借此取樂。羅馬城有七座山丘，卡比托(Capitol)是最高的一座。“紅帽”是樞機主教的服裝。

13 披散的長假髮是當時老派人士的髮型，口袋髻是將腦後假髮攏起來用絲袋包住，為年輕時髦人士所偏愛。“絲袍”代指富人，“薄呢”代指中等人家或教士，“百結衣”代指窮人，“嘉德”(Garter)則是英格蘭等級最高的騎士勳位，代指顯貴。

如今卻依安妮諭旨，走上虔誠道路，
建起教堂一座，好招攬杜里巷聖徒。[14]
書商們也回應召喚，與作家們同來
(競逐榮耀的校場，是所有人的舞臺)。
這一幫勤勉子民，希求榮耀和利益，
慈仁的呆廝女神，一向也喜歡打趣。
她在他們眼前，擺上個詩人的幽靈，
誰拿下賽跑冠軍，便贏得這份獎品；
這幽靈絕不是枯瘦詩癡，悽惶哀戚，
乾癟得皮膚鬆垮，像一件土色睡衣；[15]
墮落的今時今日，產出的吟遊餓漢，
來一打也抬不起，他巨無霸的身板。[16]

---

14 五月柱(maypole)是樹立在廣場中的高大木柱，五朔節(五月一日)到來之時，人們會繞着柱子跳舞歡慶。倫敦泰晤士河北岸曾有一根巨型五月柱，柱子所在之處後來建起了河濱聖母教堂(St Mary le Strand)，柱子本身則被牛頓拿去，用來支撐當時歐洲最大的天文望遠鏡。河濱聖母教堂於1714年動工，是安妮女王(Queen Anne, 1665–1714)執政時決定興建的五十座教堂之一。這座教堂緊鄰聲名狼藉的杜里巷(參見前文注釋)，詩中故有“杜里巷聖徒”(實指麇集該地的娼妓)這一諷刺說法。蒲柏一方面不喜歡五月柱所代表的市井娛樂，一方面又認為，在這種下流區域興建教堂於事無補。

15 英國詩人約翰 · 奧德姆(John Oldham, 1653–1683)寫有《一首諷刺詩》(*A Satyr*)，大意是英國詩人斯賓塞(Edmund Spenser, 1552/1553–1599)的幽靈來找作者，勸作者放棄詩歌這個使人困苦的行當。詩中如是形容斯賓塞幽靈的外貌：“他眼窩深陷，一看就餓得半死，/皮膚鬆鬆垮垮，好似一件晨衣。”

16 可參看德萊頓《埃涅阿斯紀》英譯本當中的詩句：“(這石頭)如此沉重巨大，以至於當今時代的壯漢，/即使來上一打，也不能把它抬離地面。”

女神用充盈的空氣，造出他的形象，
只見他飽足豐腴，如山鶉一般肥胖；
他頭上開的窗户，是無神賊眼一雙，
他還有羽毛做的腦子，鉛做的心臟；
他有女神給的虛浮詞句，嘹亮歌喉，
卻沒有理性生機，只是個空心人偶！
從未有誰隨手一揮，偶遇神來之筆，[17]
畫出這樣的呆瓜，與才子如此酷似，
以致評論家和朝臣，紛紛發誓作證，
説幽靈確為才子，稱之為摩爾先生[18]。
眾書商無不眼饞：有的為"詩人"名號，
有的為入時裝扮，劍穗和蕾絲衣袍。[19]
但只有自高自大的林托[20]，起身發話：
"這獎品非我莫屬，誰來搶便是冤家，

17 據原注所説，西元前四世紀的著名畫家阿佩萊斯(Apelles)曾為亞歷山大大帝畫畫，怎麼也畫不出亞歷山大戰馬嘴上的白沫，一氣之下便把畫筆扔向畫幅，偶然間畫出了想要的效果。

18 摩爾(James Moore Smythe, 1702–1734)為英國劇作家，因揮霍而敗家的高門子弟，蒲柏認為摩爾是一個剽竊老手，因此稱不上真正的詩人，只能算是詩人的"幽靈"。

19 劍穗(sword knot)是劍柄上的皮製或金屬製飾帶或飾鏈，和蕾絲花邊一樣是當時的時髦飾品。這兩行的意思是，各路書商(當時的書商既賣書也出書)從幽靈的名號和裝扮當中看到了盈利前景。

20 林托(參見前文注釋)是當時的大書商，曾以高價買下摩爾的喜劇作品《爭奇鬥豔》(*The Rival Modes*, 1727)。摩爾在這部劇作裏擅自引用了蒲柏的八行詩句，這是他與蒲柏結怨的主要原因。

"這天才得跟我合作，從開始到最後。"
他既然如此放言，誰還敢與他爭鬥？
唯有一人不肯噤聲，不識恐懼何物，
那便是無畏寇爾，從人群挺身而出：
"對頭在此！賽跑是比腿快，不比嘴刁；
"殿後去吧，哼！"他說來就來，拔腿就跑。
他快得好似，躲執達吏的逃債戲子，
甩開臃腫的林托，比風兒還要迅疾。
林托拼命追，使上兩肩兩手和腦袋，
整個身子活像風車，朝着四面張開，
靠着他掄圓的雙臂，劃動他的貴體，
步態與單靠左腿的雅各[21]，頗有神似，
正如鸊鷉足翅並用，穿過半沒樹林，
又是飛天又是涉水，又是蹦躂不停。[22]
賽跑路線的半程，有一個滿滿水池，
碰巧是寇爾的科琳娜[23]，晨間的創製

21 "雅各"指書商雅各·童森(參見前文注釋)。童森腿腳不便，德萊頓曾說他"長有兩條左腿"。

22 以上六行戲仿彌爾頓《失樂園》第二卷描寫魔王撒旦穿過混沌界的詩句："……魔王也這樣急急忙忙……使上腦袋、雙手、雙翼或雙足，匆匆趕路，/或泳、或潛、或涉、或爬、或飛。"並且戲仿同書第七卷描寫天鵝游水的詩句："……天鵝把彎彎頸項，/藏進像披風一樣傲然展開的雙翅，/用好似槳葉的雙足，划動她的貴體。"

23 科琳娜(Corinna)是西元前五世紀的希臘女詩人，這裏指英國女詩人伊莉莎白·湯瑪斯(Elizabeth Thomas, 1675–1731)，因為德萊頓曾把湯瑪斯稱作"科琳娜"。湯瑪斯曾把蒲柏年少

(因為她習慣，每天都將昨夜的珍饈，
趁清早傾倒在，寇爾鄰居的店門口)：[24]
霉運使寇爾滑倒，觀眾便高聲喊叫，
“伯納德！”“伯納德！”聲音響徹河濱街道。[25]
這惡棍栽進，自身惡行造就的水潭，[26]
躺臥在臭穢之中，可恥地暴露人前。
接下來(假如説，詩人理當宣告事實)，
這卑鄙的詩人殺手[27]，擬出一篇禱詞：
“朱庇特啊！我那些詩人和我，敬拜你，
“不亞於敬拜任何神，甚或猶有過之；

時寫給朋友的一些信件賣給寇爾，寇爾出版了這些蒲柏不願公之於世的信件，由是觸怒蒲柏。蒲柏把湯瑪斯稱為“寇爾的科琳娜”，暗含着兩人關係曖昧的意思，因為在古羅馬詩人奧維德的《戀歌》(*Amores*)當中，奧維德的情婦也叫“科琳娜”。

24 這兩行説的是倒便桶，在大街上倒便桶是當時的普遍做法。這場賽跑是在泰晤士河濱舉行的，寇爾曾在河濱的凱薩琳街(Catherine Street)做生意。“科琳娜”和寇爾有交情，所以不倒在寇爾的店門口。這兩行還暗含“科琳娜”住在寇爾那裏的意思。

25 寇爾跌倒之後，觀眾開始給林托加油(“伯納德”是林托的名字)。荷馬史詩《伊利亞特》(*Iliad*)和維吉爾《埃涅阿斯紀》當中都有賽跑領先選手被獻祭留下的污血和內臟滑倒的情節。原注引用了《埃涅阿斯紀》第五卷的相應詩句：“尼瑟斯運氣不好，摔了一跤，/因為新近宰牲獻祭的血污，浸透了草皮……他一頭栽到，污血和穢物裏。”

26 “自身惡行”的意思是，如果“科琳娜”沒住在寇爾那裏，路上就不會有致使寇爾摔跤的水窪。

27 蒲柏認為寇爾是個唯利是圖的出版商，慣於使用壓低酬勞和篡改作品之類的手段，戕害與他合作的作家，所以稱之為“詩人殺手”。

“倘若他和他那幫人，比我更敬拜你，
“只管讓《聖經》倒下，讓教皇紋章升起。”[28]
世間有個處所，介乎天地海洋之中，
朱庇特用罷神宴，便來到這裏放鬆。[29]
這裏的御座之上，有兩個巨大氣孔，
朱庇特坐上御座，將耳朵貼近大洞，
傾聽愚蠢的人類，祈願的各色美夢；
有的人乞求東風，有的人乞求西風；
還有各色徒勞訴狀，一直堆到天際，
消耗無數令紙張，也送來這裏待批；
他讀得興味盎然，讀完便寫下回答，
再用眾神流的那種靈液[30]，簽字畫押。
美麗的克婁辛娜，站在這辦事所裏，[31]
用至為純淨的雙手，為朱庇特服役。
她從紙堆裏挑出，她老信徒的禱告，
擺到朱庇特面前，好一份罕有榮耀！
因為她時常聽見，這個僕從的呼喚，

28 據原注所說，《聖經》圖案是寇爾的商標，交叉鑰匙(教皇紋章上有此圖案)是林托的商標。

29 “放鬆”原文為“retires for ease”，“house of ease”(放鬆之屋)是茅廁的委婉說法。

30 根據古希臘神話，眾神的脈管裏沒有血，流的是靈液(Ichor)。這裏的“靈液”隱含排泄物的意思。

31 克婁辛娜(Cloacina)是古羅馬神話中主管下水道的女神。“辦事所”原文為“office”，“house of office”(辦事之屋)也是茅廁的委婉說法。

來自她的黢黑專區，靠近聖殿牆垣。[32]
這僕從時常在那裏，樂顛顛地傾聽，
惡燈童[33] 和色船夫，借腌臢笑話助興；
他總是在她的下流國度，掏摸才賦，[34]
她時常予他恩寵，這次也不吝幫扶。
於是他與糞污同類相感，重得活力，
像抹了魔法油膏，起身時如虎添翼；[35]
他聞嗅熏天穢氣，將新的生命吸收，
一溜煙狂奔不止，一溜煙散發惡臭；
他再次趕超林托，轉眼間光榮奪冠，
全不顧自家臉上，一個個褐黃污點。
這冠軍隨即伸出，迫不及待的手掌，
猛然抓向，那似有似無的高大虛像；
但那無形之影，即刻從他眼前消滅，
好似雲中的蜃景，或是夜間的幻覺。
寇爾退求其次，想攫住幽靈的文稿，
文稿卻輕輕飛起，呼啦啦四處亂飄；

32 “黢黑專區”指泰晤士河岸的煤碼頭，離聖殿教堂(Temple Church)不遠。

33 當時的一些孩子以照路為業，亦即舉着燃燒的火炬為夜間行人照明，借此賺取微薄收入，是為燈童(link-boy)。

34 意思是寇爾印行的下流書刊，靈感都來自克婁辛娜主管的污穢地界。

35 據原注所說，傳說中的女巫有一種魔法油膏，抹了便可以在空中飛行。

風兒托起商籟短章[36]，以及警句歌行，
將它們送還，斯威夫特、埃文斯和揚。[37]
寇爾心想，至少得奪下幽靈的繡衣，
繡衣卻被討工錢的裁縫，一把搶去。
這寶器或才子，如此招搖，如此惹眼，
卻沒有留給他，一根布條，一張紙片。
笑聲響徹天庭，呆廝女神洋洋得意，
這賢德的女王趁熱打鐵，故技重施。
她將格拉布徒眾，當中的三個妖精，
打扮成康格里夫、普賴爾和艾迪森；[38]
米爾斯，沃納，威金斯[39]，跑去餓狗爭食：
休想！收穫是布雷沃、邦德和貝薩利。[40]

---

36 “商籟短章”原文為“sonnet”，這個詞在蒲柏的時代可以泛指包括商籟體(十四行詩)在內的各種短詩，後來才專指商籟體。

37 斯威夫特見前文注釋，埃文斯(Abel Evans, 1675–1737)為英國教士及詩人，揚(Edward Young, 1683–1765)為英國詩人及評論家。蒲柏認為這三人都是摩爾(幽靈詩人)的剽竊對象和寇爾的盜版對象。

38 康格里夫(William Congreve, 1670–1729)為英國劇作家及詩人，普賴爾(Matthew Prior, 1664–1721)為英國詩人，艾迪森(Joseph Addison, 1672–1719)為英國劇作家及詩人。蒲柏認為這三人都是可望名垂後世的作家。

39 米爾斯(William Mears, 1686–1740?)、沃納(Thomas Warner, 生卒年不詳)和威金斯(William Wilkins, ?–1756)都是當時的英國書商。

40 這三人就是上文中的“三個妖精”。布雷沃(John Durant Breval, 1680?–1738)為英國作家，曾為寇爾充當槍手，託名“約瑟夫·蓋伊”(Joseph Gay)撰寫攻擊蒲柏及其友人約翰·蓋伊(John Gay, 1685–1732)的文字。邦德(William Bond, 1675?–1735)為英國詩人及劇作家，寫過抨擊蒲柏詩作的文字。貝薩

寇爾探手想抓蓋伊，但蓋伊已不見，
他抓到空虛的約瑟夫，沒抓到約翰：[41]
獵物好比普羅透斯，遠看風華絕代，
一旦他捉拿到手，就變作猿猴狗崽。[42]
女神便安慰寇爾："孩兒啊！且莫傷悲，
"儘管把我這套幻象，用到上流社會，
"正如那精明的老鴇，熟諳本行訣竅，
"給所有殘枝敗葉，安上交際花名號。
"(所以說巴黎的倒楣紳士，抱怨連天，
"說公爵夫人和瑪麗夫人，將他矇騙。)[43]
"你啊，我的書商！這神技能混淆優劣，
"庫克變普賴爾，康卡寧變斯威夫特；[44]

利(Bezaleel Morrice, 1678–1749)為英國詩人，寫過抨擊蒲柏譯作的諷刺詩。

41 據原注所說，寇爾用"約瑟夫．蓋伊"的名義出版過多種小冊子，許多讀者都上當受騙，以為這些東西的作者是文名甚著的約翰．蓋伊。"約瑟夫．蓋伊"是個假名，故有"空虛"之說，除此而外，"joseph"還是當時一種長斗篷的名稱。

42 普羅透斯見前文注釋。"猿猴"原文為"ape"，兼"摹仿者"之義，"狗崽"原文為"puppy"，兼"浪蕩子"之義。

43 括弧裏的兩行是蒲柏舉的一個女騙子實例，牽涉到英國貴族及作家瑪麗．沃特萊．蒙塔古夫人(Lady Mary Wortley Montagu, 1689–1762)和法國人雷蒙德(Nicolas-Francois Remond, 生卒年不詳)之間的交往，以及夫人代雷蒙德投資股票失敗的事情。瑪麗夫人曾是蒲柏的朋友，但在《呆廝國誌》初次面世之時(1728)，兩人的關係已經疏遠。按照現代西方學者的看法，蒲柏此處的說法對雷蒙德("巴黎的倒楣紳士")有所偏袒，對瑪麗夫人不夠公平。

44 庫克(Thomas Cooke, 1703–1756)為英國翻譯家，曾以《詩人之戰》(*The Battle of the Poets*, 1725)一詩攻擊蒲柏和斯威夫特。

"如此我們將襲取，所有敵人的名姓，
"我們也會有，我們的加斯[45]和艾迪森。"
於是女神遞給寇爾，一張粗劣毛毯
(她感覺寇爾的情狀，着實淒慘可憐，
因此對着他懊恨的長臉，微微一哂)，
可鋪古今臥床，適合柯度斯或當頓。[46]
好一幅深刻作品！毯子上苦臉肖像，
刻劃出各位女神信士，受難的境況。
高處站着不知羞的笛福，雙耳皆無，[47]
下方站着塔欽，身上鞭痕火紅刺目。[48]
毯子上還可看見，羅珀和雷德帕斯，[49]

此後他乞求蒲柏原諒，保證不再攻擊蒲柏，但又出爾反爾。康卡寧(Matthew Concanen, 1701–1749)為英國作家及詩人，寫過攻擊蒲柏的小冊子。在《呆廝國誌》早期版本中，這兩人的名字分別由"C–"和"C–n"代替。據原注所說，最終版本之所以補全二人姓名，不是因為他們的名字值得一提，只是為了把詩行填滿，方便讀者閱讀。

45 加斯即塞繆爾·加斯，見前文注釋。

46 古羅馬詩人尤維納利斯(Juvenal, 活躍於西元一二世紀之交)的《諷刺詩集》(*Satires*)寫到一個名為"柯度斯"(Codrus)的蹩腳詩人，說他家的床小得可憐。當頓(John Dunton, 1659–1733)為英國書商及作家，因經營失敗而陷於窘困。據原注所說，當頓攻擊過蒲柏的一些友人。

47 笛福雖曾被枷號示眾，但並未像普萊恩那樣(參見前文注釋)遭受割耳之刑，蒲柏說他"不知羞"，是因為他堅信自己無罪，示眾時毫無愧色，甚至贏得了圍觀者的喝彩。

48 塔欽(John Tutchin, 1660?–1707)為英國報人，激進的輝格黨人，曾因參與叛亂而被處七年監禁及每年一次的鞭刑，但最終在一年後獲釋。

49 羅珀(Abel Roper, 1665–1726)和雷德帕斯(George Ridpath,

紗線織出二人遭受杖責，皮膚青紫。
寇爾發現他自己，也在這英烈圖中，
正在從一張毯子，高高地飛上半空，[50]
於是他高叫，“噢！有哪條街巷不知曉，
“我們承受的水淋、毯裹、棒打和吐藥！[51]
“每一張織機，都會記錄我們的勞績，
“新鮮的嘔吐物，將保持永遠的青綠！”
旁邊有個圓圈，圓圈裏擺着伊麗莎，
兩個真愛的嬰孩，緊貼在她的腰胯；[52]
她站在那裏弄姿，身佩鮮花和珍珠，
一如基柯，為她作品畫的溢美題圖。[53]

?–1726)都是英國的激進報人，前者支持托利黨，後者支持輝格黨，二人在同一天去世。蒲柏把二人一併列為“女神信士”(亦即“呆廝”)，可以反映他不偏不倚的政治立場。

50 寇爾曾擅自篡改並出版獻給西敏公學(Westminster School)校長的悼詞，由此遭到該校學生報復。學生們把他裹在毯子裏痛打，還把他拋到空中。

51 “水淋”是指把人拖到街頭水泵下面挨淋的一種報復手段。“吐藥”是指蒲柏曾偷偷把催吐劑放進寇爾的杯子，致使寇爾嘔吐不止。

52 “伊麗莎”指英國高產女作家伊麗莎·海伍德(Eliza Haywood, 1693?–1756)，蒲柏認為她的小說傷風敗俗，尤其是原注提及的《奇島舊事》(*Memoirs of a Certain Island Adjacent to the Kingdom of Utopia*, 1724)和《卡拉馬尼亞宮廷秘史》(*The Secret History of the Present Intrigues of the Court of Caramania*, 1727)，前一本小說惡毒譭謗了蒲柏的友人瑪莎·布隆特(Martha Blount, 1690–1762)。“兩個真愛的嬰孩”可以是喻指前述的兩本小說，也可以是指涉海伍德的兩個孩子(可能是私生子)。

53 基柯(Elisha Kirkall, 1682?–1742)為英國版畫家，為許多書籍畫

女神如是宣佈："誰能將那噴流水柱，
"遠遠地射上天空，達到最大的高度，
"便贏得那邊那個，身量豪闊的朱諾，
"她有母牛般的奶子，閹牛般的眼波。[54]
"失利的英雄，可領走這個陶瓷便桶，
"拿回家任意填充，亦可謂雖敗猶榮。"[55]
奧斯本[56]和寇爾，接受這榮耀的考驗
(一個不聽兒子勸諫，一個不納妻言[57])，
一個對自己的男性雄風，深信不疑，
另一個則仗恃體力，以及塊頭優勢。

過插圖。原注說海伍德一些書上的作者像是基柯畫的，但西方學者沒有找到實物證據。

54 呆厮女神這是在宣佈撒尿比賽的獎項。朱諾(Juno)是古羅馬神話中的天后，朱庇特的配偶，相當於古希臘神話中的赫拉(Hera)，這裏指海伍德。《伊利亞特》第一卷形容赫拉長着"閹牛般的眼睛"。

55 原注挖苦説，荷馬史詩中的競賽也以一名女奴和一個水壺為獎品，但卻把水壺的價值抬到了女奴之上(事見《伊利亞特》第二十三卷，原詩説法與此小異)，此詩以海伍德為頭獎，便桶為二獎，體現了對海伍德的"尊重"。

56 奧斯本(Thomas Osborne, 1704?–1767)是當時英國的大書商，曾以詭詐手段銷售蒲柏的《伊利亞特》譯本。曾為奧斯本工作的塞繆爾·約翰遜在《蒲柏傳》(*The Life of Pope*)中寫道："奧斯本這個人毫無廉恥，對他來説，唯一的恥辱就是貧窮。他幹了一件得罪蒲柏的事情，一邊幹一邊對我説，蒲柏肯定會把他寫進《呆厮國誌》……當時我還不相信，後來才發現，他這句預言竟然變成了現實。"

57 寇爾惹上官司的時候，生意由兒子亨利(Henry Curll)照管。亨利還曾與父親一同入獄，勸諫父親應是情理中事。奧斯本"不納妻言"的説法，則不詳具體所指。

奧斯本背靠，自家張貼海報的立柱，
率先發射水流，勉強劃出一道彎弧，
形狀半圓，好似朱庇特的亮麗虹彩
(篤定地昭示，觀眾絕沒有沒頂之災)。[58]
他再度奮勇嘗試，只招來新的恥辱，
亂流的密安德河[59]，直沖到主人面部；
正如馬虎的園丁，急匆匆打開水管，
小小的激射水流，便噴進他的雙眼。
無恥的寇爾，手段遠比奧斯本高明，
他的洪流冒着輕煙，猛然躥過頭頂，
正如伊瑞德訥，疾速擺脱卑微出身
(河神與他相似，以波折和雙角聞名)；[60]
他以蒼穹為夜壺，向半個天空傾倒，

58 這兩行兼用了荷馬史詩和《聖經》典故。《伊利亞特》第十一卷有云："好似彩虹，克羅諾斯之子(即宙斯，亦即朱庇特)將它們放在雲中，作為對凡人的兆示。"另據《舊約 · 創世記》所載，上帝曾降下大洪水懲罰人類。洪水退去之後，上帝以彩虹為標記，立約不再發洪水。

59 密安德河(Meander)是古希臘神話中的一條河，以蜿蜒曲折聞名。

60 伊瑞德訥(Eridanus)是意大利大河波河(Po)的拉丁名字。"疾速擺脱卑微出身"是説這條河流得很快，迅速離開發源地。原注説"波折"和"雙角"是伊瑞德訥河(或説該河河神)的特徵，並以維吉爾長詩《農事詩》(*Georgics*)第四卷的詩句為證："伊瑞德訥，牛頭頂戴雙角，/穿過豐饒平原，流向湛藍海洋，/再沒有別的河流，比他更為迅猛。"除此而外，"頭上長角"在西方是"戴綠帽"的意思。寇爾的生活變故頗多，堪稱"波折"，至於寇爾妻子出軌的事情，可能是蒲柏的想像。

急流以驚人速度，一路飛一路灼燒。[61]
水柱飛快攀升，眾人皆以目光追隨；
他如此腆然放肆，獲獎也實至名歸。
這個跌宕起伏之日，寇爾大獲全勝，
滿意的伊麗莎隨他而去，淺笑吟吟。
奧斯本十足謙抑，以至於比賽失利，
此時也頭戴便桶，樂滋滋走向家裏。
但還有更高獎項，等待着各位才子；
快給勳爵讓路！六名獵手三名騎師，
隨侍大人的輦輿，邊走邊高聲喝道；
大人目光直愣，神情呆癡，咧嘴傻笑。
呆廝女神隨即開言，講明大人尊意，
"誰馬屁拍得最好，便贏得大人恩禮。"
大人搖響手中錢袋，坐上他的高位，
獻媚的眾人拿好鵝毛筆，一旁相陪。
嫻熟乖巧的馬屁，鑽進大人的耳朵，
大人即刻感覺，自己確如此輩所說；
各種溫柔神色，在他臉上閃爍遊弋，
他以阿冬尼自居，又假裝消受不起。[62]

61 據原注所說，"灼燒"(burn)一詞貼切地反映了寇爾的不幸境況，但這種境況並不是"完全怪他自己"，而是產生於"與他人的交流"。由此可知，這行詩不光暗用了維吉爾《埃涅阿斯紀》第五卷的典故(箭術比賽中的箭矢因飛得太快而燃燒起來)，還影射寇爾患有性病。

62 阿冬尼(Adonis)是古希臘神話中的俊美少年，愛神阿弗洛狄忒(Aphrodite)的愛人。這兩行是說作家們誇勳爵長相英俊，勳爵便顧影自憐。

羅利揮動鵝毛筆，在大人耳邊吹噓，
大人便品味升高，贊助我們的歌劇。[63]
本特利[64] 張大嘴巴，噴吐經典的阿諛，
這膨脹的雄辯家，迸出一連串比喻。
但還是威斯特德[65]，恭維得最是辛勞，
盼大人鬆開手掌，施捨點詩人藥膏[66]。
悖時的威斯特德！你拍得越是起勁，
你沒心肝的主子，便把手攥得越緊。
正當眾人如此這般，竭力擦靴搔癢，
正當酥麻快感，在大人脈管裏搖盪，
一名福波斯不識的青年[67]，出於絕望，

---

63 羅利(Paolo Antonio Rolli, 1687–1765)為意大利詩人，在英國撰寫歌劇唱詞，教英國貴族(包括多個王室成員)學意大利文，由此大獲成功。羅利曾任皇家音樂學院(Royal Academy of Music, 當時的一個歌劇劇團，不是學術機構)秘書，原注說他利用教意大利文的機會遊說貴族贊助歌劇。這裏的"大人"可能是影射紐卡斯爾公爵(Thomas Pelham-Holles, Duke of Newcastle, 1693–1768)，此人位高權重，曾贊助詩中提及的許多"呆厮"，曾擔任負責審查戲劇的宮務大臣，並曾擔任皇家音樂學院總管。

64 本特利(Thomas Bentley, 1693?–1742)為英國古典學者。據原注所說，本特利曾在著作題獻中肉麻吹捧蒲柏的一些顯貴朋友，等到這些人失勢之後，他又在致蒲柏的公開信裏貶斥這些人。

65 威斯特德(Leonard Welsted, 1688–1747)為英國詩人，本來是托利黨人，該黨失勢後轉投輝格黨。原注說他寫過攻擊蒲柏的作品，還寫過一些"我們記不起來的東西"。

66 "詩人藥膏"指金錢，可消除傴傭文人的一切疾苦。

67 福波斯是詩歌及文藝之神阿波羅的別名，參見前文注釋。"福波斯不識"此人，可見此人根本不是詩人。《呆厮國

將他最後的賭注，寄託於禱告上蒼。
虔誠誓願何等靈驗！愛神即刻打發
她的信女，或說他的姊妹，從天降下，
正如她教帕里斯，與阿喀琉斯作對，
秘訣是攻擊阿喀琉斯，僅有的軟肋。[68]
這青年靠姊妹幫忙，斬獲高貴獎項，
他當上大人的秘書，闊步走出現場。
呆廝女神便高喊，“現在來換個耍子，
“孩兒們哪，來體會噪音的非凡效力。
“讓別人憑藉莎翁天稟，或瓊森匠心，
“去感動，去鼓舞，去俘虜，所有的靈魂，[69]
“你們的天職是使得心靈，搖撼顫震，
“時而用芥末木碗，製造出雷聲滾滾[70]，
“時而用號角喇叭，鼓搗出喧天鼎沸，

誌》最終版本隱去了此人名字，早期手稿則把此人名字寫作“W–r”，指的是英國政客愛德華·韋伯斯特(Edward Webster, 1691?–1755)。據說韋伯斯特把親生女兒獻給第二世博爾頓公爵(Charles Paulet, 2nd Duke of Bolton, 1661–1722)，由此當上了公爵的首席秘書。

68 帕里斯(Paris)是特洛伊王子，受到愛神阿弗洛狄忒的寵眷。特洛伊戰爭中，帕里斯(在阿波羅的幫助下)射中阿喀琉斯全身的唯一弱點(腳踵)，由此殺死了阿喀琉斯。

69 瓊森(Benjamin Jonson, 1572–1637)是與莎翁同時代的英國劇作家，聲望僅次於莎翁。時人普遍認為莎翁學問無多，創作主要靠天才，瓊森則以後天習得的技巧見長。

70 讓金屬球在搗芥末的木碗中滾動發聲，是製造舞臺雷聲效果的傳統方法。

“時而用拖長鐘聲，烘托出沉痛氛圍。[71]
“當你們想像衰竭，腦子也停止轉動，
“盡可以憑這些討巧技藝，嘩眾取寵。
“我們來精益求精，誰能以厲聲尖嘯，
“使猿猴自愧不如，便贏得三聲貓叫[72]，
“要贏得這面小鼓，則須以沙啞長嗥，
“壓過咴咴嘶鳴的驢子，嘹亮的號角。”
於是萬千唇舌，匯成一片嚣雜巨響，
師法猿猴的眾人，爭叫嚷各不相讓；
一個個齜牙咧嘴，一個個亂喊胡說，
有搦戰的諾頓，有不饒人的布雷沃，
有瞪眼的鄧尼斯[73]，最擅長挑錯找茬，
直愣愣唇槍舌劍，賊溜溜插話打岔，
論據只寥若晨星，論題倒浩如煙海，
大小前提都不少，結論也來得飛快。
“且住(女王高喊)，你們各得一聲貓叫，
“三個人表現一樣好！聲音一樣喧嚣！
“這旗鼓相當的競賽，不妨告一段落，
“我的驢子們，叫吧，給我把天穹震破。”

71 以上四行是說“呆厮”作家寫不出像樣的劇作，只能靠舞臺效果刺激觀眾。

72 “貓叫”即觀眾噓聲，參見前文注釋。

73 諾頓(Benjamin Norton Defoe, 1690–1770)為英國報人，曾因誹謗受審。蒲柏在後文中說他是笛福和一個牡蠣女販子的私生子，後來的一些學者也持這種看法。布雷沃及鄧尼斯見前文注釋。

吉爾伯爵士聞言，立刻便咴咴哀鳴，
彷彿噩夢纏身，家中萬貫少了一文，[74]
又像長耳母驢，被某個吝嗇的病號，
關在三重門閂的大門裏，無法見到
嗷嗷待哺的幼崽[75]，以至於心急如焚，
爆發出洪亮悲吟，將整個驢群驚醒。
眾人喉管齊齊作聲，一驢呼萬驢喚，
和諧的鼻音！混合風笛、號角與銅管；
如同狂熱的神棍，用鉚足勁的肺葉，
憋出高亢聲響，再用鼻音加以潤色；[76]
又如深沉的教士，發出的渾厚牛嘶；
韋伯斯特，好嗓子！威特費德，你也是！[77]
但布萊克莫的響亮叫聲，冠絕群倫，
牆垣、尖塔和穹蒼，無不以驢鳴回應。[78]

---

74 吉爾伯爵士(Sir Gilbert Heathcote, 1652–1733)為英國富商，輝格黨人，曾任英格蘭銀行行長及故城市長，據說十分吝嗇。

75 把母驢跟幼崽分開是為了擠奶給病人喝，西方人從古埃及時代就開始用驢奶治療各種疾病。

76 當時的一些宗教狂熱分子講道時喜歡使用鼻音，斯威夫特曾在《聖靈的機械運轉》(*Mechanical Operation of the Spirit*, 1704)一文中諷刺這種現象。

77 這個“韋伯斯特”是威廉·韋伯斯特(William Webster, 1689–1758)，英國教士及宗教作家。威特費德(George Whitefield, 1714–1770)亦為英國教士，循道宗創始人之一。據原注所說，這兩人都持有極端的宗教觀點，彼此又水火不容。

78 據原注所說，布萊克莫(參見前文注釋)對“bray”(驢叫)這個詞十分喜愛，甚至用這個詞來形容戰場上的金鐵交鳴。

他的弟兄們，在托特納姆的田野裏[79]，
全都驚訝得豎起耳朵，草也忘了吃；
法院巷久久地拖長[80]，他嫋嫋的驢叫，
聲音在一個又一個法庭，反復縈繞；
河風把驢叫，送入紅王的鬧嚷廳堂[81]，
亨格福德[82] 也隨每聲驢叫，發出迴響。
大家都同意，他包攬兩個歌藝獎項，
因為他唱得這麼響，又唱得這麼長。[83]
這番辛勞之後，眾人經由布萊德維
(此時晨禱已經結束，鞭刑也已收尾)，
下到潮漲溝的溝口，溝中滔滔水流，
在此向泰晤士納貢，獻上大批死狗。[84]

---

79 托特納姆(Tottenham)是倫敦北部的一個區域，在蒲柏的時代處於半鄉村狀態。

80 法院巷(Chancery Lane)是倫敦的一條街道，街上當時有大法官法院(Court of Chancery, 現已併入英國高等法院，成為該院的大法官法庭)，該法院以官司久拖不決聞名。

81 "紅王的鬧嚷廳堂"指綽號"紅王"(Rufus)的英王威廉二世(William II, 1056?–1100)在泰晤士河邊修建的西敏廳(Westminster Hall)。在蒲柏的時代，一些律師和商販(包括書販)在西敏廳營業，故有"鬧嚷"之說。

82 "亨格福德"指當時倫敦泰晤士河濱的亨格福德農產品市場(Hungerford Market)，還可能暗指英國律師及政客約翰 · 亨格福德(John Hungerford, 1658?–1729)。

83 據原注所說，布萊克莫沒有多少文才，但卻擁有"不知疲倦的靈感"，寫有多達六部史詩，總數好幾十卷，所以此詩後文稱他為"沒完的布萊克莫"。原注還說，他曾在作品中攻擊德萊頓和蒲柏。

84 布萊德維(Bridewell)是當時一座收押妓女的監獄，臨近泰晤士河。潮漲溝(Fleet-ditch)當時是一條陽溝(十九世紀七十年代

萬溝之王！再沒有哪一條爛泥溝渠，
能用更黑的穢物，來染污銀色漣漪。
"脱吧，我的孩兒們！在這裏跳下水去，
"在這裏證明，誰最能克服一切阻力，
"誰對於腌臢事物的喜愛，傲視同群，
"誰又最是擅長，在黑暗中掏摸探尋。[85]
"誰攪起最多臭穢，污染的水域最寬，
"便贏得所有這些，每週發行的報刊；[86]
"誰跳水表現最出色，這鉛錠便歸誰；
"其餘選手也有犒賞，各得一配克煤。"[87]

才被完全覆蓋，變成陰溝)，在布萊德維附近流入泰晤士河，溝水極其污穢。據原注所說，布萊德維對犯人施行鞭刑的時間是晨禱之後，上午十一點至十二點之間，蒲柏這是仿照荷馬史詩的寫法，用人們的日常活動來點出情節發生的時刻。原注還説，此詩第一卷的希伯加冕情節發生在"市長日"當晚，本卷記述的慶祝性賽事則是從次日早晨開始。

85 據原注所說，以上三行分別代表黨派吹鼓手必備的三個首要素質，一是沒有任何原則，二是以潑髒水為樂，三是善於捕風捉影，暗中詆謗。

86 據原注所說，這裏說的"報刊"是指《倫敦雜誌》(*London Journal*)、《不列顛雜誌》(*British Journal*)和《每日雜誌》(*Daily Journal*)等出版物，這些出版物報導新聞和醜聞，為各自黨派服務，並且見風使舵，時常改換政治立場。這些出版物的作者經常匿名或化名發表作品，其中包括奧德米松(John Oldmixon, 1673–1742)、茹姆(Edward Roome, ?–1729)、阿瑙(William Arnall, ?–1736)和康卡寧。

87 配克(peck)為英制固體計量單位，一配克約等於八點八升。以"鉛錠"作為獎品，是呼應第一卷當中"鉛做的新薩呑時代"，以煤作為獎品，則凸顯這些"選手"的窮困。據原注所說，蒲柏刻意點出他們的窘境，是為了使他們的卑劣行徑顯得"情有可原"。

奧德米松傲然屹立，一身赤裸威儀，[88]
像米羅一樣，審視自己的雙手膀臂；[89]
之後他歎道，“難道我已經，年過六十？
“為什麼，眾神啊，二加二為什麼得四？”
説完他立刻爬到，擱淺駁船的頂端，[90]
身子筆直向下，一頭扎進黑色深淵。
在場眾人都稱讚，這長者實是精明，
他奮力攀上高處，只為了栽得更深。
斯梅德利[91] 接踵跳下，只見吱吱淤泥，
激蕩出幾圈漣漪，便合攏再無裂隙。
眾人見他消失無蹤，齊聲歎息發喊，
河岸上枉然響徹，“斯梅德利”的呼喚。
某人[92] 也略試身手，卻幾乎不曾沒頂，

88 這一行是戲仿彌爾頓《失樂園》第四卷的詩句：“(墮落之前的亞當和夏娃)一身赤裸威儀，好似萬物君長。”

89 米羅(Milo)是西元前六世紀的希臘摔角手。原注引用了奧維德《變形記》第十五卷的詩句：“年齒遲暮的米羅，看着自己原本如赫剌克勒斯一般的肌肉，已變得鬆鬆垮垮，不由得潸然淚下。”傳説米羅曾嘗試掰裂一棵大樹，結果是手卡在樹縫裏動彈不得，由此慘遭狼群吞噬。蒲柏把奧德米松比作米羅，一方面是説他老邁無用，一方面是説他對蒲柏的攻擊如同蚍蜉撼樹。

90 潮漲溝當時可以行船，但駁船既已擱淺，説明時值落潮，水最淺，污泥最多。

91 斯梅德利(Jonathan Smedley, 1671–1729)為英國教士，原注説他寫過許多譭謗文章，並曾激烈攻擊斯威夫特和蒲柏。

92 “某人”的原文為一個星號。在《呆廝國誌》的早期版本中，這個星號是“H–”，指的是英國詩人及劇作家艾倫·希爾(Aaron Hill, 1685–1750)。希爾和蒲柏的關係時好時壞，曾

他旋即浮出水面，頃刻間重見光明；
他隨同泰晤士河的天鵝，高飛遠引，
看樣子尚未打上，深黑濁流的烙印。
康卡寧鬼鬼祟祟，一下子沒入溝底，
好一個血冷氣長，深淵的嫡系子裔：[93]
如果說單靠堅持，便可得跳水冠軍，
沒完的布萊克莫，也只能向他稱臣；
他不能動不能挪，連聲音也發不出，
無知覺的溝水，在他身上沉睡如湖。
接着跳的是一夥，鋌而走險的弱者，
每人背上都背着，患病的弟兄一個：[94]
朝生暮死的女神子嗣啊！片刻漂遊，
轉眼便沉入淤泥，陪伴淹死的小狗[95]。
你要問他們名姓？我與其談論他們，
倒不如說說，這些閉眼狗崽的身份。
奧斯本嬤嬤，像失去孩子的奈厄比，

請求蒲柏把他移出《呆厮國誌》。從詩中描寫可以看出，蒲柏雖然沒有完全滿足希爾的要求，終歸還是對他筆下留情。

93 據原注所說，康卡寧寫了小冊子《深文補遺》(*A Supplement to the Profund*)來攻擊蒲柏的著作，並且拿“我從深處向你求告”這句話(出自《舊約 · 詩篇》)來充當自己的座右銘。

94 當時報紙的一種主要形式是單面印刷可以張貼的“大報”(broadside)，這些“弱者”指的是政府宣傳品《每日公報》(參見前文注釋)，這份報紙印行向全國分發的兩期合刊，一期印在正面，一期印在反面。

95 “淹死的小狗”指主人不要的狗崽，生下來尚未睜眼便被主人扔到溝裏，下文故有“閉眼狗崽”之說。

坐在狗崽們旁邊，驚駭得化成頑石！[96]
紀念的銅匾，銘刻着這樣一行文字：
“這些是，噢不對！這些曾是，公報才子！”[97]
膽大阿瑙別具一格[98]，他沉重的腦袋，
迅猛地扎進水裏，彰顯他蠻勇癡呆。
他鉚足地球引力，賜他的全部力道，
揮動掄圓的手臂，攪起漩渦與風暴。
向下劃以利上躥，向後劃以利前進，

96 奈厄比(Niobe)是古希臘神話中的女子，生有七子七女。她吹噓自己勝過勒托(Leto)，因為勒托只生了一子一女(即日神阿波羅和月神阿耳忒彌斯)。阿波羅和阿耳忒彌斯為母親出氣，殺死了奈厄比所有的孩子，悲痛的奈厄比化成了石頭。“奧斯本嬤嬤”(Mother Osborne)指輝格黨報人詹姆斯·皮特(James Pitt, ?–1763)，他化名“法蘭西斯·奧斯本”(Francis Osborne)在《倫敦雜誌》(後併入《每日公報》)發表為政府歌功頌德的宣傳文章。“奧斯本嬤嬤”是對“Francis Osborne”這個名字的揶揄，因為這個名字的縮寫“F. Osborne”可以理解為“Father Osborne”(奧斯本神父)。原注說皮特是資格最老最正統的政府吹鼓手，其他吹鼓手(亦即此處的“狗崽”)都是學他的樣，後來他為這些後輩感到羞愧，以至於放棄了吹鼓行當，所以有“化成頑石”之說。

97 據原注所說，沃波爾(參見前文注釋)花費大量公帑來豢養這些吹鼓手，卻不曾贊助真正的飽學之士。1742年沃波爾辭職之後，吹鼓手們失去靠山，成為主人不要的狗崽，自然是樹倒猢猻散，所以有“曾是”之說。

98 前面幾行關於公報寫手的詩句是後來插入的，描寫阿瑙的詩行原本承接描寫康卡寧的詩行，所以有“別具一格”之說。另據原注所說，阿瑙是尤為無恥的政府吹鼓手，從政府獲得了巨額酬勞。《呆廝國誌》第一版裏沒有阿瑙，是因為他曾向蒲柏保證改邪歸正，懇求蒲柏不把他寫進此詩，但他出爾反爾，變本加厲，所以躋身此詩的後續版本。

哪隻滾爛泥的螃蟹，也沒有他起勁。
他把半條溝的污泥，翻上他的頭頂，
高聲宣告他已經，贏下報刊和鉛錠。
擅長跳水的主教，和臃腫的大主教，[99]
滿懷神聖的妒火，給這個俗人讓道。
正在這時，瞧！大作的雷聲震動水面，
一個氣昂昂的泥裹人形，慢慢浮現，
邊走邊抖摟，黢黑額頭的駭人穢物，
本已猙獰的五官，因泥污愈顯冷酷。
他身形大了一圈，目光也炯炯非凡，
站定便娓娓道來，深處的種種奇觀。
他首先講到，溝水沒過他下巴之時，
泥仙如何為他傾倒，將他吸入溝底；[100]
年輕的魯特霞，身子比羽絨還柔軟，
還有烏黑的尼癸娜，褐黃的梅丹曼，[101]

99 “擅長跳水的主教”指沃波爾的老友、倫敦主教湯瑪斯·歇洛克(Thomas Sherlock, 1678–1761)。據沃波爾回憶，學生時代的歇洛克曾一頭扎進冰冷的河水，使同學們驚歎不已。“臃腫的大主教”可能是指坎特伯雷大主教約翰·波特(John Potter, 1674?–1747)，波特體態豐肥，著作也部頭很大。

100 這裏的“他”就是前文中消失無蹤的斯梅德利。“泥仙”原文為“Mud-nymph”，由古希臘神話中的“water-nymph”(水仙，水中仙女)改造而來。

101 這裏列舉了三位“泥仙”。“魯特霞”原文為“Lutetia”，由拉丁詞彙“*lutum*”(淤泥)衍生而來。“尼癸娜”原文為“Nigrina”，由拉丁詞彙“*Nigra*”(黑色的)衍生而來。“梅丹曼”原文為“Merdamante”，由拉丁詞彙“*merda*”(糞便)及“*amans*”(鍾愛)組合而成。

全都在水下的漆黑閨房，向他求愛，
正如往古水仙，將美男許拉斯誘拐。[102]
然後他唱到，這些棕褐仙女告訴他，
斯提克斯的一支，沖出冥界的管轄，
吸納忘川的水流，攜帶夢鄉的水汽，
從地府湧上凡間，流到這潮漲溝裏[103]
(正如埃菲斯的隱秘水流，潛行海下，
將比薩的貢物，帶給他的阿瑞圖薩)，[104]
然後注入泰晤士；於是這雜拌河水，
使活潑呆廝發狂，使沉穩呆廝昏睡：
這邊廂，鬧騰水汽將聖殿悄然籠罩，
那邊廂，故城眾人飲過水醺醺躺倒。[105]

102 根據古希臘神話，大英雄赫剌克勒斯(Heracles)的僕從許拉斯(Hylas)十分俊美，因此在取水時遭到水仙綁架，從此下落不明。

103 斯提克斯(Styx)是古希臘神話中冥界的主要河流。忘川(Lethe)是另一條冥河，死者飲下河水，便忘記生前一切。夢鄉(Land of dreams)亦為冥界處所。據原注所說，忘川和夢鄉分別喻指文人的兩種呆傻狀態，亦即“昏昧”和“妄想”。

104 埃菲斯(Alpheus)是古希臘神話中的獵手，愛上了女仙阿瑞圖薩(Arethusa)。為了躲避埃菲斯的追逐，阿瑞圖薩逃上西西里的一個小島，化身為一股泉水。埃菲斯便化身為伯羅奔尼薩斯半島上的一條河，從海下流到島上，與阿瑞圖薩化身的泉水合流。埃菲斯河流經比薩(Pisa)附近。

105 夢鄉水汽可使“活潑呆廝”發狂，聖殿教堂左近區域有兩所律師學院，蒲柏視學院裏的年輕律師為“活潑呆廝”的代表。除此而外，當時的雜文作家和新聞寫手往往說自己出身於法學機構。忘川水流可使“沉穩呆廝”昏睡，此處的“故城眾人”原文為“all from Paul's to Aldgate”(從聖保羅大教堂到阿爾德門的一切人等)，概指故城的官長士紳。

泥仙們引領他，款款去到冥河岸隅，
教士詩人安息之地，教士全體起立，
並且讓米爾伯恩[106]，代大家致意示好，
米爾伯恩贈給他，禮服、腰帶和法袍：
“這些衣袍我曾穿用，如今請你笑納；
“神聖的呆廝女神，有明理教士護駕。”
斯梅德利講完，便將一件法袍展開，
眾人都歡呼，聖徒穿長衣好生氣派。
一支黑色的大軍，簇擁到他的周圍，
全都是底層生監房養，自私的奴輩，[107]
宜護衛亦宜刺殺，宜詆毀亦宜頌贊，
天國傭兵，可為任何神任何人而戰。
黑色的隊伍，湧過盧德的著名城門，
蓋滿那潮漲名街[108]，烏泱泱一路前行，

106 米爾伯恩(Luke Milbourn, 1649–1720)為英國教士、批評家及詩人。原注說他曾攻擊德萊頓的維吉爾譯本，並且不憚於拿他自己的拙劣譯本來跟德萊頓對比，因此是“最為公道的批評家”。

107 這幾行說的是傾聽斯梅德利講述的一眾“教士呆廝”(斯梅德利本人也是教士)，“黑色”是法衣的顏色，“監房”指修院的封閉環境。原注特意指出，這些詩句並不是針對所有教士，抨擊對象僅限於那些涉足世俗事務甘當黨派奴才的教門敗類。

108 倫敦故城的盧德門(Ludgate)據說是傳奇不列顛王盧德(Lud)所建(實為古羅馬建築)，穿過城門就進入潮漲街(Fleet Street)。這條街當時是倫敦的出版業中心(今日猶然)，故有“名街”之說。“Fleet Street”中文通譯為“艦隊街”，但這條街因潮漲溝而得名，街名中的“fleet”並無“艦隊”之義。

佈道詞、月旦評[109]和小品文，陣陣傾瀉，
羊毛般迴旋飄舞，將街衢染成白色，
好比霧氣，從下方的泥沼汲取水分，
升騰為烏雲朵朵，下降為雪片紛紛。
呆廝女神在此止步，隨即莊嚴宣佈，
來一場輕鬆競技，為這次賽事閉幕：
"各位批評家！我想借你們頭腦一用，
"拿它們當天平，稱一稱作家的輕重，
"看一看我的亨萊[110]，和我的布萊克莫，
"誰的篇章最能安神，最有催眠效果。
"你們都來參加，我安排的這場考驗：
"誰要能聽完這些作品，始終不合眼，
"能有尤利西斯之耳，阿耳戈斯之目[111]，
"敢於無視睡神，那征服一切的魔蠱，
"便可以贏得，至高至大的裁量權力，

109 月旦評(Character)即品評人物的文章，當時的文人經常用這種文章攻擊對手或抬高自己。

110 這裏的"亨萊"原文為"H–ley"，可以指前文提及的亨萊(Henley)，但蒲柏在此處故意不寫完整姓名，用意可能是一箭雙雕，捎帶着抨擊時任溫徹斯特主教(Bishop of Winchester, 英格蘭最古老也最重要的教職之一)的本傑明·霍德利(Benjamin Hoadly, 1676–1761)。

111 尤利西斯(Ulysses)即古希臘神話英雄俄底修斯(Odysseus)，曾航行經過西壬女妖(Sirens)所在的島嶼，女妖會用歌聲引誘過往海員，使之船毀人亡。為了不受蠱惑，俄底修斯把自己綁上桅杆，又用蜂蠟封住了水手們的耳朵。阿耳戈斯(Argus)是古希臘神話中的百眼巨人，五十雙眼睛輪流睡覺，由此可以永遠保持清醒。

"可評判過去現在未來，一切的才智，
"可挑剔審查決斷，一切的是非恩怨，
"可充分享有口舌特權，一直到永遠。"
於是三名大學生，和三名活潑律師，
走上前來，他們才賦相同，品味一致，
個個都擅長問答辯難，逞口舌之快，
個個都滿懷，對於歪詩廢話的熱愛。[112]
兩位斯文教授，搬來好一堆大部頭，
兩位英雄[113]落座，其餘人等圍在四周。
喧鬧人群，靠着大杯啤酒[114]保持肅靜，
直至大家齊聲哼唧，一片嗡嗡營營。
六名掌讀隨即上臺，操起慵懶拖腔，
慢吞吞念誦，沉重冗長的痛苦篇章；
字詞款款爬行，眾人聽得心寧神定，
聽一行一個懶腰，一個哈欠一個盹。
他們頻頻昂起腦袋，頻頻埋首垂頭，
呼應這絕妙曲調，或起或停的節奏，
好似輕柔陣風裏，頭重腳輕的松樹，
風來便低下頭顱，風定又揚起如故。

112 據原注所說，這行是戲仿彌爾頓《失樂園》第三卷的詩句："(我)滿懷對於神聖歌曲的熱愛。"彌爾頓這句詩是自敘創作動機。
113 即這些"大部頭"的作者，亨萊(或霍德利)和布萊克莫。
114 "啤酒"原文為"mum"，指源自德國的一種烈性啤酒，兼有"肅靜的"之義。

他們時而向左點頭，時而向右領首，
接收韻文或散文，帶來的睡神問候。
巴德格三次啟口，卻三次作聲不得，
因為強力的亞瑟，敲打他胸膛下頜。[115]
托蘭德和廷達爾[116]，慣於對教士冷笑，
卻也向"基督於此世無國"，默然折腰。[117]
坐得最近的聽眾，率先被催入夢鄉，
遠處的聽眾也隨着鼾聲，腦袋低昂。
六名斯文掌讀，手中書卷滾落地面，
一齊在書上躺倒，喃喃地合上雙眼。

115 巴德格(Eustace Budgell, 1686–1737)為英國作家及政客，因仕途及商場失意而行止乖張，曾數次徒勞嘗試競選議員。如果把詩中的"作聲不得"理解為他受了無聊詩文的催眠，"強力的亞瑟"就指布萊克莫撰寫的兩部關於傳奇英王亞瑟(King Arthur)的史詩，"強力"意思是催眠效果強大；如果理解為他參選議員未果，"強力的亞瑟"就指當時的下院議長亞瑟·昂斯洛(Arthur Onslow, 1691–1768)。

116 托蘭德(John Toland, 1670–1722)為英國哲學家及思想家，宗教觀點帶有自然神論色彩(自然神論的要旨是否認天啟，強調人類理性的作用，認為上帝創造了宇宙及其運行法則，之後便不再干預俗世事務)。廷達爾(Matthew Tindal, 1657–1733)為英國自然神論作家。原注說這兩人不甘於藉藉無名，於是著書立說，攻擊本國的宗教。

117 據原注所說，"基督於此世無國"之說源自一位主教的佈道詞，由此可知，這一行是諷刺霍德利(參見前文注釋)的觀點。1717年3月末，時任班戈主教的霍德利為英王喬治一世講道，其間以《聖經》所載基督箴言"我的國不屬此世"(見《新約·約翰福音》)為據，主張教會徹底脱離世俗事務，借此維護王權。以上兩行的意思是，托蘭德和廷達爾的觀點雖然削弱宗教的地位，但霍德利的觀點更為極端，使得二人啞口無言。

正如某個荷蘭人[118]，在湖上拉東拉西，
東西落水，便濺起一圈又一圈漣漪，
呆廝女神在子嗣當中，施放的物事，
也造成類似效果，一圈圈擴散不止：
只見點頭的動作，從人海中央漾開，
一圈接着一圈，蔓延到所有的腦袋。
到最後，森提弗[119]感覺自己出不了聲，
莫托[120]的故事，講到一半便沒了下文；
波耶放過了政壇，羅也放過了藝壇，[121]
摩根和曼德維爾[122]，無法再廢話連篇；
丹尼爾和牡蠣女販子，生出的諾頓，
雖然兼具父親的面皮，母親的唇吻，[123]

118 當時的英國人經常把"荷蘭人"(Dutchman)用作低俗笑話的主角。

119 蘇珊娜·森提弗(Susanna Centlivre, 1669?–1723)為英國劇作家及演員，有"十八世紀最成功的女劇作家"之譽。原注雖然提到她寫了很多劇本，但並不稱她為劇作家，只說她是御廚約瑟夫·森提弗(Joseph Centlivre, 生卒年不詳)的妻子。

120 莫托(Peter Anthony Motteux, 1663–1718)為法裔英國翻譯家、劇作家及報人。蒲柏認為他長舌多言。

121 波耶(Abel Boyer, 1667?–1729)為法裔英國詞典編纂家、報人及作家，編有許多講述近代及當代政事的書籍。羅(William Law, 1686–1761)為英國教士及作家，曾撰文反對一切戲劇，甚至將劇場稱為"撒旦的神殿"。

122 摩根(Thomas Morgan, ?–1743)為英國自然神論作家，曼德維爾(Bernard Mandeville, 1670–1733)為荷蘭裔哲學家、政治經濟學家及諷刺作家。據原注所說，前者以"道德哲學家"自居，後者以"不道德哲學家"自傲。

123 丹尼爾即丹尼爾·笛福，蒲柏認為諾頓(參見前文注釋)是笛福和牡蠣女販子的私生子。此詩前文說笛福臉皮厚"不知

此時也默然垂下，永不臉紅的頭顱；
萬眾俱寂，彷彿愚癡本身，業已亡故。[124]
睡神的溫柔禮物，為這天畫上句號，
詩人們像平常一樣，在貨攤上躺倒。
我何必吟唱，哪一些睡夢中的詩人，
得到夜晚繆斯的引領，去青樓棲身，
哪一些又由治安官陪同，傲然前往，
某一座名聞遐邇、永不打烊的圓房！[125]
靈感上身的亨萊，在污水坑邊昏睡，
在肉眼凡胎看來，倒像個神職醉鬼；
其餘人等，及時奔向鄰近的潮漲街[126]，
奔向那繆斯盤桓的所在，求個安歇。

羞”，牡蠣女販子則可想而知，屬於嘴巴不乾淨的“髒話嬸”(參見前文注釋)一流。

124 據原注所說，這一行是戲仿德萊頓劇作《印第安皇帝》(*The Indian Emperour*, 1665)第三幕當中的詩句：“萬籟俱寂，彷彿大自然本身，業已亡故。”

125 以上四行是說這些人號稱“詩人”，其實不過是無賴，所以一些跟着“夜晚繆斯”(實指妓女)去了妓院，另一些則被治安官抓起來，去了“圓房”(round-house, 監獄的別稱)。後一種“詩人”由治安官陪同，似乎比由妓女陪同體面，所以有“傲然”之說。

126 這裏的“潮漲街”原文為“Fleet”，既可以指潮漲街，也可以指潮漲監獄(Fleet Prison)。潮漲監獄在潮漲溝邊，當時主要用於關押債戶和破產者，1846年拆毀。

第三卷

概述

其餘人等既已各尋相宜下處，呆斯女神便把呆廝之王貝斯帶進她的神殿，讓貝斯枕在她的膝頭安眠。貝斯得到的這個鋪位，功效十分神奇，能呈現狂熱信徒、冒險家、政客、花癡、空中樓閣建築師、煉金術士和詩人的一切憧憬。轉眼間，貝斯乘上幻想之翼，由一個瘋癲的苦吟西比爾引領，去到伊利耶之原[1]，看見巴烏斯[2]坐在忘川河畔，正在給一眾呆廝的亡魂浸水洗浴，浸過才放他們重返陽間。瑟透的亡魂在那裏迎候貝斯，給貝斯介紹伊利耶的種種奇跡，以及貝斯本人註定要創造的奇跡。他帶着貝斯登上勝覽之山，為貝斯展示呆斯女神帝國的往昔輝煌、現時

1 本卷情節是對維吉爾《埃涅阿斯紀》第六卷相應情節的戲仿，該卷講到埃涅阿斯進入冥界，在伊利耶之原(Elysium)見到父親安喀塞斯的亡魂，從父親那裏聽到了關於羅馬命運的預言。西比爾(sibyl)是古希臘人對一些據信擁有預言本領的女子的稱呼，其中最著名的是阿波羅神諭所祭司庫麥西比爾(Cumaean Sibyl)。埃涅阿斯的冥界之行，便是由庫麥西比爾引路。伊利耶是古希臘神話中有福之人死後安居的樂土，在《埃涅阿斯紀》當中則是善人靈魂等待轉生的冥界處所。

2 巴烏斯(Bavius)是維吉爾在《牧歌集》(*Eclogues*)當中嘲諷的一個蹩腳詩人，後成為拙劣作家的代名詞。

盛況和未來榮光：古往今來，學問在世間開拓的疆域何其窄小，而它征服的這些彈丸之地，又在何其短暫的時間裏遭到奪佔，重新成為呆厮女神的國土。接下來，瑟透特意指出大不列顛島的所在，並且告訴貝斯，女神將依仗哪些助力，借重哪些幫手，經由哪些步驟，把這個島納入她的版圖。瑟透把其中一些幫手召來接受貝斯的檢閱，向貝斯逐一介紹他們的面貌、品性和資質。此後場景突變，千萬種異象奇觀，一時間紛至沓來，連呆厮之王本人也覺得見所未見，驚詫莫名，以至於需要瑟透向他解釋，眼前所見，正是他自己剛剛肇始的王朝，即將締造的非凡偉業。瑟透就勢向貝斯道賀，同時也不無嫉妒，因為在瑟透自己的時代，這些奇跡還只是初露端倪。瑟透繼續預言，大不列顛將會被鬧劇、歌劇和雜耍所征服，以致呆厮女神的王座漸次淩駕所有的劇院，甚至將宮廷佔據，最終使文藝和學問的要津，通通落入女神子裔的掌握。如此這般，瑟透借由一個匆匆掠影，或者說一個毗斯迦勝覽[3]，向貝斯揭示了未來時日，女神榮光臻於完滿的盛世。這個盛世的種種成就，正是本書四卷亦即末卷的主題。

3 據《舊約・申命記》所載，以色列先知摩西(Moses)臨終之時，耶和華曾在毗斯迦山(Pisgah)向摩西展示應許之地的全景。

塗膏的王者，卻在呆廝女神的神殿，
最幽深的內室，枕着女神膝頭安眠。
女神用幽藍蒸汽的簾幃，環繞貝斯，
再給他輕輕灑上，辛墨里人[4]的露滴。
於是貝斯的神志，充溢高燒的狂喜，
剔除理性的頭腦，才識得這等妙趣；
於是他從瘋人院先知[5]，打盹的草薦，
聆聽喧嘩吵嚷的神諭，與眾神交談；
眼前浮現虛妄的天堂，政客的伎倆，
建在空中的城堡，金光燦燦的夢想，
懷春少女的癡心，煉金術士的火焰，
以及詩人腦子裏，名垂不朽的執念。
呆廝之王，乘輕快的幻想之翼下降，
轉眼便看見，伊利耶之原已在前方。
穿拖鞋的西比爾，引領他一路向前，
邊走邊在亢奮的癲狂裏，覓句尋篇；
西比爾的髮綹，在詩歌迷夢中直豎，
若要洗沐，只用卡斯塔利亞[6]的甘露。

---

4 辛墨里人(Cimmerii)是荷馬史詩《奧德賽》第十一卷提及的一個民族。辛墨里人的國土雲遮霧罩，以致他們生活在永恆的黑暗之中。

5 “瘋人院”原文為“Bedlam”，指伯利恒精神病院(參見前文注釋)。瘋人院裏常有自詡先知的病人。

6 卡斯塔利亞(Castalia)是希臘帕納索斯山麓(參見前文注釋)的一處泉水，據説是同名女仙所化，古羅馬詩人視之為靈感之泉。

勝似喀戎的泰勒[7]，駕船渡他們過河
(他雖不再吟唱，卻曾是泰晤士天鵝)；
依然寵眷呆瓜的本洛維[8]，欠身示好；
夏德維爾頷首致意，額上沾着煙膏。[9]
此地有個昏暝山谷，谷中忘川滾滾，
老巴烏斯坐在河邊，浸浴一眾詩魂，
為的是麻痺他們的腦子，使之適合，
裝進堅不可摧、刀槍不入的呆腦殼。[10]
剛浸過忘川河水，眾魂靈即刻飛升，
奔赴布朗和米爾斯[11]，打開的光之門，
去那裏索要全新的軀殼，裹上牛皮，

7 喀戎(Charon)是古希臘神話中的冥府擺渡人，負責以小船接引新到冥界的亡魂，送他們渡過冥河斯提克斯。泰勒(John Taylor, 1578–1653)為英國高產詩人，出身卑微，沒受過多少教育，在泰晤士河上當過船夫，自稱“水上詩人”。

8 本洛維(Edward Benlowes, 1603–1676)為英國詩人。原注說他不光詩藝拙劣，並且大力贊助其他的蹩腳詩人(比如夸爾斯)，以至於為此傾家蕩產。

9 夏德維爾(參見前文注釋)是桂冠詩人，原注說他多年吸食鴉片，最終死於吸食過量。

10 根據古希臘神話，海洋女神忒提斯曾把初生的阿喀琉斯(參見前文注釋)浸入冥河，好讓他獲得金剛不壞之身。據原注所說，以上四行暗用了忒提斯的典故，同時指涉維吉爾《埃涅阿斯紀》第六卷關於靈魂等待轉生的描寫：“但埃涅阿斯的父親安喀塞斯，卻深居一個青葱的山谷，凝神觀看那些幽禁谷中、等着升入陽間的靈魂。”

11 布朗(Daniel Brown, 生卒年不詳)和米爾斯(參見前文注釋)都是當時的英國書商，與許多蒲柏鄙視的作家合作。原注說他們“什麼人的書都出”。亡魂經“光之門”還陽，好比書籍經書商之手面世。

成群結隊地沖向陽間，等不及現世。
貝斯看見這河邊，有魂靈萬千無數，
密得像夜空裏的星斗，清晨的露珠，
密得像圍繞春日繁花，紛飛的蜂群，
密得像戴枷瓦德，領受的雞蛋贈品。[12]
貝斯正看得吃驚，瞧！來了一位聖賢，
他寬闊的肩膀，以及他耳朵的長短[13]，
還有他的圈領外套，(死前六個年頭，
他只有這身衣服[14])，都表明他是瑟透。
衣服主人的狀況，與衣服一模一樣，
新境中仍是舊觀，變相裏透出本相。
這偉大的前輩，和藹親切一如生前，
開始對更為偉大的後輩，娓娓而談：
"噢！請看這條泯滅之河，造就的奇觀！
"因為你天生能見，清醒者所不能見。
"出生之前，你也曾來到這神聖涯岸，

12 據原注所說，這裏的"瓦德"是指約翰·瓦德(John Ward, 1682–1755)，此人曾當選英國議員，後來犯下偽造罪，由此被逐出議會，並被處枷號示眾。原注同時指出，鑒於約翰·瓦德示眾時並未遭受雞蛋攻擊，這裏的"瓦德"也可能是指第一卷曾提及的愛德華·瓦德(參見前文注釋)，此人亦曾枷號示眾。

13 下文說明了此人是瑟透。"耳朵的長短"原文為"length of ears"，原注說這可能是抄寫錯誤，正確版本應為"length of years"(年歲的長短)，因為瑟透未曾遭受割耳之刑，但活到了七十六歲高齡。

14 瑟透潦倒而終，死在救濟院裏。

“巴烏斯的手拎着你，浸浴五次三番。
“但凡人看不見前生後世，過去未來，
“誰能夠知曉，自己出生之前的狀態？
“誰能夠知曉，你那遷徙漂泊的靈魂，
“多少次投胎，轉世為多少波伊夏人？
“多少次紆尊降貴，在荷蘭人裏偷生？[15]
“多少次化身老神棍，輾轉多少路程？
“之後又有多少次，趁世道蒙昧顢頇，
“將鴟鴞的常春藤，編進詩人的桂冠？
“好比人體的蜿蜒河川，將所有波瀾，
“導向生命的源泉，再回流完成循環；[16]
“又好比竹製蜻蜓[17]，借巧手村童擺佈，
“隨着中軸的旋轉，把線繩吞進吐出；
“古往今來的一切廢話，同樣是如此，
“將會以你為中心，經由你周流不止。
“所以我們的女王，將種種真實知見，

15 波伊夏人以愚蠢聞名，參見前文注釋。荷蘭人是當時英國的流行笑柄，亦見前文注釋。

16 “蜿蜒河川”原文為“Maeanders”，“Maeander”是“Meander”的異體，指密安德河(參見前文注釋)。據蒲柏的友人、英國歷史學家約瑟夫·斯彭斯(Joseph Spence, 1699–1768)《書人軼事》(*Anecdotes, Observations, and Characters, of Books and Men*)所說，蒲柏曾告訴斯彭斯，這個對句寫的是血液循環。

17 據當代美國歷史學家唐納德·拉赫(Donald Lach, 1917–2000)《歐洲建構中的亞洲》(*Asia in the Making of Europe*)一書所說，竹蜻蜓在文藝復興時期即已傳入歐洲，出現在了達芬奇的素描裏。

“展示給你的心眼，因為你需要博覽：
“往昔的輝煌景象，久已消逝的年代，
“將首先應命呈現，奔湧到你的腦海；
“然後她會讓你，縱覽她勃興的王朝，
“讓過去未來的盛況，在你胸中燃燒。
“請隨我登上此山，從雲遮山頂俯瞰，
“女神的帝國，包舉海陸的無疆幅員。
“看，兩極周圍，那些寒光閃耀的冰壤，
“看，赤道左近，那些香料生煙的炎方，
“大地的四極，到處插遍女神的黑纛，
“萬國萬族，全都被女神的陰影籠罩！
“現在你極目東望，太陽和東方學問[18]，
“便是從那邊，踏上它們的光明旅程，
“有一位半神君主，將這份驕矜剷除，
“他曾修築長牆，隔絕遊牧的韃靼族；
“老天爺！好一個火堆！焚毀無數世紀，
“只一道耀目火光，學問便化為空氣。[19]
“你再把你喜洋洋的雙眼，轉向南邊，
“那裏也已經騰起，同樣輝煌的火焰，
“貪婪的火神，撲向一個又一個書櫥，
“火舌舔光所有那些，療救靈魂之處。[20]

18 據原注所説，蒲柏贊同一切學問源自(相對歐洲而言的)東方的觀點。

19 以上四行説的是秦始皇修築長城和焚書的事情。

20 以上四行説的是古埃及亞歷山大圖書館(Library of Alexandria)

“瞧，學問只照到地球，多麼小的部分！
“何況這學問的光線，頂多算是微明。
“曙光初露，海珀里亞天穹即刻孳生，
“怎樣的成形黑暗，怎樣的汪達爾雲！[21]
“瞧！塔納伊斯冰河，爬行在積雪荒漠，
“爬行在邁俄提斯，終年沉睡的處所，[22]
“那片北方土壤，哺育無數剽悍兒郎，
“哥特人、奄蔡人和匈人[23]的偉大乳娘！
“你看那亞拉里克，威風凜凜！再看那，
“孔武的蓋薩里克！鬼見愁的阿提拉！[24]

遭劫的事情。該館據說由古埃及君主托勒密一世(Ptolemy I Soter, 前367?–前282)創建，是古代世界最大的圖書館，後來屢遭劫難，終至湮滅。關於該館的命運，説法之一是穆斯林君主奧馬爾(Omar, 584?–644)在攻佔亞歷山大城之後下令焚毀了圖書館(原注引用了這種説法)。據西元前一世紀的希臘歷史學家狄奧多羅斯(Diodorus Siculus)《歷史叢書》(*Bibliotheca Historica*)第一卷所説，古埃及底比斯(Thebes)的一座圖書館刻有“療救靈魂之處”的銘文。亞歷山大圖書館的門口，據説也有這樣的銘文。

21 海珀里亞人(Hyperboreans)是古希臘神話中的極北民族，蒲柏用以指代侵擾羅馬帝國並最終顛覆西羅馬帝國的北方日爾曼諸民族，汪達爾人(Vandals)是其中一支，曾於西元五世紀劫掠羅馬城。

22 塔納伊斯(Tanais)是頓河(Don)的別名，邁俄提斯(Maeotis)是亞速海(Sea of Azov)的別名。頓河從俄羅斯中部流入亞速海。

23 哥特人見前文注釋。奄蔡人(Alans)為古代中亞遊牧民族，經常劫掠羅馬帝國的高加索諸行省。匈人(Huns)亦為中亞遊牧民族，四五世紀之間劫掠歐洲，匈人和匈奴人之間的關係尚無定論。

24 亞拉里克(Alaric I, 370?–410)是西哥特人的國王，西元410年率軍劫掠羅馬。蓋薩里克(Gaiseric, 389?–477)是汪達爾人的

“看大膽東哥特人，突然襲擊雷舍姆[25]，
“看勇猛西哥特人，攻打西班牙高盧！
“看那金色的晨曦，照耀的棕櫚海隅，
“(那裏是藝文繁盛，字母初生的福地)，
“阿拉伯先知在那裏，招募本族軍隊，
“以征伐捍衛無知，以律法推崇愚昧。[26]
“基督猶太教徒，謹守永遠的安息日[27]，
“整個西方世界徹底臣服，昏睡不起。
“瞧！羅馬也不再是，驕傲的風雅女王，
“光知道沖着異教的傳說，大鬧大嚷；[28]
“白頭髮的教會會議，禁毀未讀之書，
“培根為自己鑄造的銅頭，瑟瑟驚怵。[29]

國王。阿提拉(Attila, 406?–453)是匈人的國王，多次率軍侵擾羅馬帝國，由此被歐洲人稱為“上帝之鞭”(the scourge of God)。

25 雷舍姆(Latium)為古代地區，即意大利中西部羅馬城所在的一片區域，對應今天的拉齊奧。

26 據原注所說，“棕櫚海隅”是指腓尼基、敘利亞之類的地區(亦即北非及地中海東岸)，這些地區是字母文字的發源地，但也是阿拉伯先知穆罕默德(Muhammad, 570?–632)征伐戰爭的起點。這幾行詩反映了當時西方人對伊斯蘭教的一種偏見。

27 意即一週的每一天都變成了不事學問的“安息日”。

28 據原注所說，以上兩行針對的是教皇葛列格里一世(Pope Gregory I, 540?–604)。原注引用法國哲學家及作家皮埃爾·貝爾(Pierre Bayle, 1647–1706)《歷史批判詞典》(*Dictionnaire Historique et Critique*, 1697)的說法，稱這位教皇極力消除異教影響，以至於焚毀古典著作，摧毀古典建築。但貝爾本人在書中指出，這些指責不一定可靠。

29 培根即英國哲學家及修士羅傑·培根(Roger Bacon, 1219/20–

"帕多瓦連聲歎息，看李維付之一炬[30]，
"就連對蹠點，也在哀悼維吉利烏斯。[31]
"看，鬥獸場倒塌，無柱神廟搖搖欲墜，
"英雄鋪滿街面，神像堙塞台伯河水，
"直至皈依的朱庇特，裝點彼得鑰匙，[32]
"異教的潘神，把頭上雙角借與摩西。[33]
"看，不貞的維納斯，被改成童貞聖人，[34]

1292?)，他可能曾因異見遭到教會軟禁。傳說他曾製造一個能夠回答問題的銅鑄人頭，由此有理由擔心招來施行巫術的指控。

30 據説葛列格里一世曾下令焚毀古羅馬史家李維(Livy, 前64/59–12/17)的著作。帕多瓦(Padua)為意大利北部城鎮，李維的誕生地。

31 對蹠點(antipode)為地理學名詞，位於地球直徑兩端的兩個點(比如南北極點)互為對蹠點。維吉利烏斯(Vergilius of Salzburg, 700?–784)為愛爾蘭教士，後擔任薩爾茨堡主教，曾因支持對蹠點學説而遭到教會申斥。

32 鬥獸場(Colosseum)為古羅馬著名建築，台伯河(Tiber)是流經羅馬的河流。據原注所説，教廷掌控羅馬之後，歷代教皇大肆摧毀異教神廟和雕塑，以至於"哥特人出於狂怒毀掉的古典豐碑，不見得比教皇出於虔誠毀掉的多"。到後來，教廷開始把神廟改造為教堂，異教神像改造為基督教聖像，比如把阿波羅神像改為以色列聖王大衛(David)像，雅典娜神像改為猶太女英雄裘蒂斯(Judith)像。"彼得鑰匙"即聖彼得的鑰匙，亦即教皇紋章上的交叉鑰匙，喻指教會權柄。

33 潘(Pan)是古希臘神話中半人半羊的山林之神，頭上有角；由於對拉丁文《聖經》相關文字的誤解，西方古人長期認為以色列先知摩西也長了角(米開朗基羅雕塑的摩西像就有角)。所以蒲柏在這裏調侃，潘神像可以改造為摩西像。

34 維納斯(Venus)是古羅馬神話中的愛神，對應古希臘神話中的阿弗洛狄忒，是愛欲的象徵。"童貞聖人"即聖母瑪利亞。

“菲狄亞斯遭錘打，阿佩萊斯遭火焚。[35]
“再看那島嶼，走着些棕枝客[36]和香客，
“長髯或禿頭，僧裝或俗服，或是穿鞋，
“或是赤腳，破衫或補丁，道袍或粗呢，
“莊重藝人！有的沒衣袖，有的光膀子。[37]
“那便是往古英倫——甚好！怪只怪那些，
“較比暴烈的女神子裔，還有復活節。[38]
“偉大的呆廝女神，平和時永遠可親，
“可是她一旦拔劍，那戰況何等驚心！
“你生逢盛世，千萬別這樣自尋煩惱！
“勢力你只管擴張，怒火卻克制為好。
“看哪，我的孩子！良辰吉日就要來臨，
“即將使我們的女神，執掌帝皇權柄；
“她會像鴿子一樣，將這心愛的島嶼，
“這叛離已久的屬地，重新攏進羽翼。

35 菲狄亞斯(Phidias, 前480?–前430?)是古希臘最偉大的雕塑家，阿佩萊斯為古希臘著名畫家，參見前文注釋。

36 棕枝客(palmer)指隨身攜帶棕櫚枝、借此表明自己到過聖地(巴勒斯坦)的朝聖者。

37 以上四行敘寫中世紀不列顛的景象，說當時的人們醉心於各式各樣的宗教和迷信，這些宗教和迷信又與市井娛樂交織不分。“藝人”原文為“mummer”，指民間戲劇演員。

38 據原注所說，這兩行詩講的是“英格蘭的往古戰爭，戰端是復活節的正確日子”。從西元六世紀末開始，由於對復活節日期的計算方法意見不一，不列顛本土的凱爾特基督教會與羅馬教會發生了激烈的爭執(“戰爭”是蒲柏的誇張)，最終是羅馬教會的意見佔了上風。

"現在來展望命運！觀瞻女神的藍圖！
"看何等幫手走卒，充當她霸業支柱！
"看她所有的苗裔，彙聚成洋洋大觀！
"趁他們升到亮處，你好生觀瞧點算。
"正如穹蒼之母比瑞辛霞[39]，端居聖所，
"一邊接受她後裔，爭先恐後的朝賀，
"一邊環顧她四周，仔仔細細地端詳，
"她的一百個兒子，每一個都是神王，
"呆厮女神也將加冕，一樣榮光無限，
"一邊在格拉布街，以巡遊慶祝凱旋，
"一邊向她的帕納索斯，自豪地掃視，
"她的一百個兒子，每一個都是呆厮。
"你先看這位青年，他走在隊列前端，
"將他整個的身軀，直塞進你的眼簾。
"降臨人世吧，帶上令尊的一切美德！
"一位全新的希伯，即將為舞臺增色。[40]

---

39 比瑞辛霞(Berecynthia)是大地母神庫柏勒(參見第一卷關於"偉大母親"的注釋)的別稱，源自弗里吉亞地區的比瑞辛薩山(Mount Berecynthus)。庫柏勒是主神及穹蒼之神朱庇特的母親，所以有"穹蒼之母"之說。另據原注所說，以下四行是仿擬維吉爾《埃涅阿斯紀》第六卷安喀塞斯把羅馬城比作比瑞辛霞的詩句："她(羅馬城)擁有無數英雄後代，好比母神比瑞辛霞，/頂戴雉堞冠冕，一邊駕戰車巡視弗里吉亞諸城，/一邊自豪地懷想，她的一百個兒子，/個個都是神祇，個個都高居天庭。"

40 以上四行說的是希伯的兒子希奧菲勒斯．希伯(參見前文注釋)。此人不光演技粗鄙，還曾縱容妻子與人通姦，借此獲取

“再看第二位，他出了名的溫良謙恭，
“並且不事張揚，像偷偷飲酒的女傭；
“瓦德啊，你若擺脫，酒精釀成的慘境，
“定然能德厄菲附身，像他一樣歌吟！
“每座酒館，每間酒廊，都會為你扼腕，
“每爿酒鋪也會，報以更淒慘的長歎。[41]
“再看看雅各，這‘文法之鞭’須當敬重，
“更何況他同時是，法律的走火炮筒。[42]
“再來看波普的威勢，氣焰滿城瀰漫，[43]

錢財，然後又狀告“第三者”，索取巨額賠償，但最終只得到區區十鎊。另據原注所說，這幾行指涉維吉爾《牧歌集》第八首的詩句：“降臨吧，晨星，來引領白晝天光。”(魔王撒旦的別名之一是“晨星”)以及同書第四首的詩句：“他將會統治，他父親開創的太平世界。”

41 以上六行說的是愛德華·瓦德(參見前文注釋)。瓦德曾長年經營酒館生意，據說酗酒成性。德厄菲(Thomas D'Urfey, 1653–1723)為英國劇作家及詩人，寫有一些流行的酒歌，蒲柏對他的作品評價不高。這幾行暗含的意思是，瓦德即便擺脫了酒精的影響，仍然成不了高水準的作家。

42 以上兩行說的是英國作家吉爾斯·雅各(Giles Jacob, 1686–1744)，此人著有兩卷本《詩人錄》(*Poetical Register*, 1719–20)，以及廣受歡迎的《新法律詞典》(*A New Law Dictionary*, 1729)。“文法之鞭”(scourge of grammar)的含義類似於阿提拉的綽號“上帝之鞭”，參見前文注釋。“走火炮筒”原文為“blunderbuss”，兼“霰彈槍”及“蠢材”二義。據原注所說，雅各曾在《詩人錄》當中無端攻擊蒲柏的朋友約翰·蓋伊。原注還引用了《詩人錄》中的雅各自敘，從引文可以看出，雅各不光將寫作視為經商之餘的輕鬆消遣，並且將涉足商業視為作家的光榮。

43 波普(William Popple, 1701–1764)為英國官員及劇作家，曾撰寫攻擊蒲柏的文字。詩中說到他的“氣焰”，可能是因為他

"看霍訥克的凶眼，茹姆的喪家苦臉。[44]
"看奸笑的古德[45]，一半陰險一半瘋狂，
"笑裏藏刀的邪魔，惡毒得近於荒唐。
"一隻隻小天鵝，在巴斯和唐布里奇，
"用甜美悅耳的口哨，遮掩水中臭氣；[46]
"這些無名的名字，又寫歌又寫詩謎，
"好一幫烏合之眾，最應該罵名鵲起。
"有一些竭力湊韻，使繆斯身受酷刑，
"繆斯的慘叫，像萬千烤架[47]吱呀之聲；
"有一些不講韻腳道理，無規也無矩，
"碎普里西安之首，折珀伽索斯之翼；[48]

曾聲稱，他寫的喜劇《夫人的報復》(*The Lady's Revenge*, 1734)得到了宮廷的支持，並且聲稱，對該劇的惡評都是出於黨派立場的偏頗之論。

44 霍訥克(Philip Horneck, 1673?–1728)為英國報人，曾長期擔任國庫律師。茹姆(參見前文注釋)出身於開殯儀館的家庭，並以長相醜陋聞名，在霍訥克死後接任國庫律師。據原注所說，這兩人都是惡毒的黨派寫手。

45 古德(Barnham Goode, 1674–1739)為伊頓公學教師，政府的僱傭寫手。原注說他寫過諷刺蒲柏的文字，還曾受僱撰寫許多譭謗他人的匿名報刊文章。

46 巴斯(Bath)和唐布里奇(Tunbridge)都是當時英國時髦的水療勝地，這些地方也聚集着一些蹩腳詩人("小天鵝")，他們以應景詩歌("口哨")娛樂遊客，使他們不再留意礦泉的刺鼻氣味。原注說這些人實在渺小，不值得指名道姓。

47 烤架(jack)指旋轉式烤架附帶的使肉在火上轉動的裝置。

48 普里西安(Priscian)為西元五六世紀之交的古羅馬語法家，撰有拉丁語法經典著作《語法原理》(*Institutiones Grammaticae*)。珀伽索斯(Pegasus)是古希臘神話中的飛馬，詩歌靈感的象徵。

"寇爾帳下的這一班，彌爾頓和品達，[49]
"高喊口號，打着旋兒猛撲向下，向下。
"肅靜，你等餓狼！聽拉爾夫對月狂嚎，
"將夜晚變成噩夢 —— 回應他，你等鴟鴞！[50]
"理智、辭藻和法度，健在或已故唇舌，
"全都得讓路，好讓莫里斯[51]有人翻閱。
"流瀉吧，威斯特德！學你的啤酒慧根，
"陳腐卻尚未成熟，稀薄卻從不清澄；
"甜膩得如此美妙，寡淡得如此順口，
"醉人卻不烈性，沒裝滿也漫溢橫流。[52]
"唉，鄧尼斯！唉，吉爾東！什麼樣的災星，

49 品達(Pindar, 前518?–前438)為古希臘大詩人。這些人既然在寇爾(參見前文注釋)帳下，"彌爾頓和品達"自然是意在揶揄的反語。

50 據原注所說，以上兩行說的是第一卷曾提及的詹姆斯·拉爾夫(參見前文注釋)，以及拉爾夫的詩歌《夜之詩》(*Night: A Poem*, 1728)。拉爾夫曾為政府寫手，後轉入反對派陣營，後又受年金引誘，重新投入政府懷抱。"將夜晚變成噩夢"出自莎劇《哈姆雷特》第一幕第四場。

51 據原注所說，莫里斯(Morris)即第二卷曾提及的貝薩利(Bezaleel Morrice)。"Morris"是"Morrice"的異體。

52 威斯特德(參見前文注釋)並不以酗酒聞名，但曾在寫給贊助人的《家居公所》(*Oikographia*, 1725)一詩中抱怨自家酒窖空空如也，以致他靈感阻滯。另據原注所說，以上四行是戲仿英國詩人約翰·登訥姆(John Denham, 1614/1615–1669)詩作《庫珀山》(*Cooper's Hill*, 1642)敘寫泰晤士河的名句："啊，願我和我的詩行，都能夠流瀉如你，/取法你的波濤，以之為偉大範例：/淵深卻清澄，溫和卻不遲滯，/強勁卻不暴烈，滿盈卻不漫溢。"

"使你倆久經考驗的交情，有了裂痕？[53]
"呆瓜敵視毒舌才子，還算情有可原，
"蠢貨跟蠢貨相鬥，卻堪稱野蠻內戰。
"擁抱吧，我的孩子們！別再相互為敵，
"別讓大批評家的血，鼓舞吟詩浪子。[54]
"瞧瞧那邊的一對，看他倆抱得多緊，
"舉止是多麼相似，思想是多麼相近！[55]
"一個給《不平者》寫稿，一個效力《諷刺》[56]，
"一樣地伶牙俐齒，一樣地斯文有禮；
"他倆的功績相當，回報也平分秋色，

53 吉爾東(參見前文注釋)是鄧尼斯的走卒，蒲柏說兩人之間出現"裂痕"，是因為蒲柏曾稱誹謗文字《蒲柏先生及其作品的真實品格》(*A True Character of Mr Pope, and His Writings*, 1716)是鄧尼斯和吉爾東合寫的，鄧尼斯對此表示不滿，說這篇文章是他獨力完成。另據原注所說，鄧尼斯"長年關注"蒲柏和蒲柏的作品，蒲柏詩中對他的刻劃卻只是"點到為止"，原因是蒲柏對鄧尼斯"多少有點兒敬意"，因為鄧尼斯好歹給自己的誹謗文字署了名，比其他人強一些。

54 以上兩行仿擬德萊頓《埃涅阿斯紀》英譯本關於羅馬內戰的詩句："再次擁抱吧，我的孩子們，別再相互為敵，/別讓祖國兒女的血，染污祖國土地。"

55 據原注所說，蒲柏最終決定隱去這兩個人的名字，因為他們對蒲柏的中傷是很久以前的事情。儘管如此，注文和詩句本身已經透露了兩人的身份。以上兩行和以下六行說的是英國律師及作家湯瑪斯·伯尼特(Thomas Burnet, 1694–1753)，以及英國律師及政客喬治·達克特(George Duckett, 1684–1732)，兩人是親密朋友，合寫了許多諷刺文章和(奉承政府的)政論，其中包括不少攻擊蒲柏的文字。除此而外，原注還含沙射影，說兩人有同性戀的嫌疑。

56 《不平者》(*The Grumbler*)和《諷刺》(*Pasquin*)是當時的兩種報刊，伯尼特和達克特是這兩種報刊的贊助者和撰稿人。

"一個有領事榮銜，一個有專員官階。[57]
"然則這位先生，深鎖書齋，神色莊肅，
"面皮濡染學問灰土，卻是何等人物？
"我兩眼看得分明，這妙人古怪離奇，
"食料為羊皮碎紙，雅號乃蟲豸烏斯。
"願尊駕之呆癡不朽，垂於千秋萬世，
"正如尊駕殫精竭慮，保藏往古呆癡！[58]
"再看那一幫刻苦的注家，雲中隱現，
"全都是鴟鴞才子，眼睛只適應黑暗，[59]
"每一個的腦袋，都裝了一屋子圖書，
"永遠在閱讀他人，永遠不被人閱讀！
"再來看各種學問，展示其現代噱頭，
"看歷史舉起啤酒杯，神學舉起煙斗，[60]

57 伯尼特當過英國駐里斯本領事(1719–1728)，達克特於1722年得到稅務專員的肥缺，任職直至去世。原注說："這年月，這種官位常常是這種作家的犒賞。"

58 以上六行並未指名道姓，但從原注可以看出，這六行說的是英國古典學者湯瑪斯·赫恩(Thomas Hearne, 1678–1735)。赫恩與蒲柏並無個人恩怨(原注也如此聲明)，但蒲柏認為赫恩做的是迂腐學問，視之為書呆子。赫恩致力於研究中世紀文獻，所以蒲柏在這六行詩裏混雜了不少中世紀英語詞彙。"蟲豸烏斯"原文為"Wormius"，原本是丹麥博物學家及古典學者奧勞斯·沃米烏斯(Olaus Wormius, 1588–1654)的姓氏，用在這裏是諷刺赫恩成天鑽故紙堆，有如"worm"(蟲豸)。

59 據原注所說，評注家最喜歡深奧難懂的"黑暗著作"，正如江湖郎中，最喜歡疑難雜症。

60 "啤酒杯"原文為"pot"。在《呆廝國誌》1728年版當中，此處的描寫較為詳細，把當代的歷史形容為一個就着啤酒瞎聊的女人，當代的神學形容為一個手拿骰盅和煙斗的閒漢。

"驕傲哲學穿着綻裂馬褲，褲襠沾染
"自產的褐斑，憤憤不平地想要表演
"不雅奇觀！恰在此時，看哪！亨萊駕到，
"一邊騰挪他的雙手，一邊調整音調。
"他的廢話何等流利，順嘴汩汩流淌！
"語句何等華美，人所未言，人所未唱！[61]
"亨萊啊，你唱的花腔，依然征服信眾！
"歇洛克、黑爾、吉布森[62]，卻都徒勞無功。
"噢，美好的古老戲臺，偉大的復興者，
"你是時代的導師，也是時代的丑角！
"噢，你完全適合，去埃及的睿智居室，
"在崇奉猴神之地，做一名高貴祭司！[63]
"但命運把你的道場，設在屠戶中央，
"由得你砍削虐殺，柔懦的現代信仰；[64]

61 亨萊(參見前文注釋)有"雄辯家"之稱，並以"古典辯術復興者"自許，宣講時手勢誇張，語調特異。原注羅列了亨萊的許多過惡，比如收費講道、蔑視傳統、獻媚權貴、譭謗他人(受害者包括蒲柏)，充當政府寫手及線人，如此等等。

62 "歇洛克、黑爾、吉布森"分別指湯瑪斯·歇洛克(曾任索爾茲伯里主教和倫敦主教，參見前文注釋)、奇切斯特主教法蘭西斯·黑爾(Francis Hare, 1671–1740)和倫敦主教艾德蒙·吉布森(Edmund Gibson, 1669–1748)。這三個人都是沃波爾的支持者。

63 尤維納利斯(參見前文注釋)《諷刺詩集》第十五首寫到了"瘋癲埃及崇拜的種種怪物"，其中包括"一尊長尾猿猴的閃亮金像"。

64 1726年，亨萊在紐波特市場(Newport Market)開設了他的第一個"講壇"。該市場是當時倫敦的主要肉市之一。

“安排你為不列顛的榮光，增彩添色，
“蓋過同時的沃斯頓、廷達爾、托蘭德。[65]
“可是，唉，孩子們哪！側耳聽老夫一言
“(命運也許會因此，使你們耳朵保全)：
“你們的天職是詆毀洛克，詆毀培根，[66]
“詆毀彌爾頓的靈感，和牛頓的天稟；
“但是，噢！別去攻擊，永生的唯一尊神，
“儘管牛頓培根，由祂得光線和理性。[67]
“你們該當滿足，因為聖火照耀世界，
“閃出的每縷光，祂啟迪的每種美德，
“每種藝文，祂所能創造的每種美妙，
“祂給的一切，都可供你們仇恨撕咬。
“挺住，別畏懼凡人身上，任何的神性，
“但要記住，呆廝們！別藐視你們的神。”
瑟透這番忠告，皆因一絲理性光影，
不期而至，半透進他黑沉沉的魂靈，
但烏雲即刻回歸，於是他繼續講述：

65 廷達爾和托蘭德見前文注釋，沃斯頓(Thomas Woolston, 1668–1733)為英國神學家，因“褻瀆神聖”而於1729年被定罪判刑。這三個人都持有非正統的宗教觀點。

66 洛克(John Locke, 1632–1704)為英國大哲，公認的“自由主義之父”。此處的培根不是前文曾提及的羅傑 · 培根，而是英國大哲法蘭西斯 · 培根(Francis Bacon, 1561–1626)。

67 牛頓對光學的發展作出了重要貢獻，法蘭西斯 · 培根大力倡導經驗理性。這幾行的意思是，譭謗凡人不要緊，但不能直接詆毀上帝，以免遭受割耳之刑。

"再來看女神和她的子裔，所愛何物！
"何等魔法，能徹底征服未鑿的心胸，
"哪怕自然和藝文，都不曾將它打動。"
這話使永不臉紅的貝斯，歡喜無限
(古德曼預言的功用[68]，不及此言一半)，
轉頭便見一名黑色巫師，冉冉升起，[69]
一揮手便放出，一大群展翅的物事：[70]
轉眼間，惡龍瞪眼，戈耳工[71]咝咝吐信，
十角妖魔與巨人，纏鬥得難解難分。
地獄升起，天堂下落，人間歡舞不止：[72]
神靈、妖精和怪獸，音樂、激情和樂子，
一堆火，一番笑鬧，一場仗，一個舞會，

68 據希伯(貝斯)自傳《科利．希伯先生生平自辯》(*An Apology for the Life of Mr. Colley Cibber*, 1740)所說，英國著名戲劇演員卡德爾．古德曼(Cardell Goodman, 1649?–1699)曾拍着希伯的肩膀，預言他必將成為一名優秀演員，以致他歡喜得"幾乎無法呼吸，眼裏湧出淚水"。

69 這一行和此下十五行是抨擊當時英國流行的潘托劇(pantomime)，這種戲劇混合了舞蹈、鬧劇和默劇，伴以各種誇張的舞臺特效，原本是不登大雅之堂的市井娛樂。據原注所說，潘托劇當時不僅受到一些上流劇院的競相追捧，還得到了許多上流人士的青睞。蒲柏對這種現象深惡痛絕，認為這是庸俗文化對高雅傳統戲劇的侵襲。

70 這是西奧博德(參見前文注釋)潘托劇《巫師哈勒昆》(*A Dramatic Entertainment, Call'd Harlequin a Sorcerer*, 1725)當中的一個場景。

71 戈耳工(Gorgon)是古希臘神話中的蛇髮女怪。

72 據原注所說，這是西奧博德潘托劇《劫奪普洛塞庇娜》(*The Rape of Proserpine*, 1727)當中的場景。

一直到一片火海，將一切變作飛灰。
於是便有個嶄新的世界，亮麗登場，
自然法則認它不得，它有獨特穹蒼：
穹蒼裏有獨特月亮，軌轍不同以往，
還有些獨特行星，環繞着獨特太陽；
森林會翩翩起舞，河川也倒流向上，
鯨魚在林間嬉戲，海豚在天空飛翔；
最後還有件寶貝，為整套造物增光，
看哪！一隻巨型雞蛋，吐出人臉一張。[73]
無思無慮的喜悅，充溢貝斯的心間，
他高叫，"何等力量，造就了如此奇觀？"
"孩子啊，你要的答案，在你自己心裏！
"你會在那裏，找到所有怪物的模子。
"但你可願，觀覽更多？看那邊的雲朵，
"薄綢團成，金紅鑲邊，雲中坐着一個，
"蓋世青年！他在揮手之間，主宰乾坤，
"發射赤色的閃電，施放滾滾的雷霆。[74]
"他正是呆廝女神，特意差來的天使，

73　據原注所說，當時的一部潘托劇裏有主角從一隻巨蛋裏孵出來的場景。

74　原注引用了維吉爾《埃涅阿斯紀》第六卷敘述薩摩紐斯(Salmoneus)悲劇的詩句，暗示這個青年結局堪虞。薩摩紐斯是古希臘神話中的國王，他驕橫自大，通過把火炬扔上天、駕馬車衝過銅鑄橋樑的方法來模擬專屬宙斯的閃電和雷霆，最終被宙斯用真正的閃電打死。由原注可知，這幾行裏的雲朵、閃電、雷霆都是舞臺特效。

"要將女神的魔法，傳遍現代的土地。[75]
"那邊的星星太陽，全由他任意升降，
"光芒都由他賦予，火焰也由他點亮。
"不朽的里奇！[76]他泰然端坐，何其優悠，
"無視暴雪般的廢紙，冰雹般的豌豆；[77]
"滿心自豪地執行，女神頒下的命令，
"以旋風為坐騎，將風暴的方向指引。[78]
"但是你看！新的一批巫師，升入半空，
"參與黑暗會戰；我的希伯也在其中！[79]
"布斯在他雲遮的會幕裏，接受祀奉，[80]

75 "現代的土地"原文為"unclassic ground"。原注說這一行指涉艾迪森(參見前文注釋)詩作《意大利來書》(*A Letter from Italy*, 1704)當中讚美意大利的詩句："詩意的原野，從四面把我包圍，/我彷彿依然置身，古典的土地(classic ground)。"

76 里奇(John Rich, 1692–1761)為英國劇院經理、舞臺監督及演員，不惜工本追求舞臺特效，號稱"英國潘托劇之父"。里奇二十二歲就成為大劇院經理，所以上文有"蓋世青年"之說。

77 廢紙和豌豆都是當時心懷不滿的劇場觀眾常用的投擲武器。

78 參照原注所說，以上兩行是戲仿艾迪森詩歌《戰役》(*The Campaign*, 1705)當中的詩句："滿心歡喜地執行，上帝頒下的命令，/以旋風為坐騎，將風暴的方向指引。"

79 希伯經營的杜里巷皇家劇院(Theatre Royal Drury Lane)和里奇經營的林肯學院廣場劇院(Lincoln's Inn Fields Theater)互為競爭對手，爭相以潘托劇招徠顧客。據《科利·希伯先生生平自辯》所說，希伯並不贊成潘托劇，認為它荒唐怪誕，而且成本高昂，但迫於市場壓力，不得不"昧着良心"製作此類戲劇。

80 布斯(Barton Booth, 1682–1733)為英國著名戲劇演員，與希伯一同經營杜里巷皇家劇院。這一行指涉《舊約·出埃及記》的語句："(摩西建成禮拜耶和華的會幕之時)雲遮會幕，耶和華的榮光充滿其中。"

“而你將跨上獰笑的巨龍，御氣乘風。
“這爭鬥你死我活，金鼓聲恐怖淒慘，
“杜里巷這邊發喊，那邊是林肯學院；
“競爭的劇院，共鑄我們的帝國大業，
“它們的勞績相同，禮贊也如出一轍。
“孩子啊，這些奇觀，莫非你見所未見？
“見所未見！這些都是，你自己的貢獻。
“命運備下這盛況，為你的聖朝增光，
“我雖有分預見，唉！卻無分同享輝煌。
“儘管我在盧德古牆之內，長年統治，
“聲名遠播鮑巷巨鐘，轟鳴所及之地；[81]
“儘管本城一眾長老，給我戴上桂冠，
“囑託我歌詠，稱頌他們的不朽詩篇，
“歌詠他們的飽足英雄，和安閒市長，
“他們的年度大典，他們的月度疆場；[82]
“儘管我的黨派，長年對我寄予厚望，
“期待我炮製傳單，期待我火烤教皇；[83]

81 瑟透是倫敦故城最後一位“市立詩人”(參見前文注釋)。“鮑巷巨鐘”指倫敦鮑巷聖母教堂(St Mary-le-Bow)的著名大鐘，按照傳統說法，倫敦故城的範圍限於該教堂鐘聲所及之地。上一行“盧德古牆之內”(參見前文注釋)也是指倫敦故城的範圍。

82 據原注所說，“年度大典”和“月度疆場”分別指故城一年一次的“市長巡遊”和一月一次的民兵操演。

83 瑟透所說“我的黨派”是輝格黨，他曾受該黨僱傭，匿名撰寫攻擊天主教和教皇的小冊子(蒲柏一家都是天主教徒)。但據原注所說，瑟透是個見風使舵的小人，既寫過支持輝格黨

"可是你瞧！我哪有作家自誇的資本！
"到最後淪落到自套龍頭，嘶嘶作聲。[84]
"老天保佑！你，我的希伯，可不要落得，
"搖着長尾，在史密斯菲市集[85]扮毒蛇！
"窮乏的詩人，遇見什麼都得往上貼，
"好比卑賤的麥秸，隨着風跑遍大街，
"上馬車或板車[86]，被人踩，黏牢或脫開，
"結局是附在狗尾上，流落不知所在。
"你的命比較好！與亂滾的石頭相近，
"你樂顛顛的呆傻，依然會跌撞前行；
"靠沉重保障安全，絕不會脫離軌道，
"還會將路遇呆瓜，一個個捲入懷抱。
"愛國者[87]會賞識你，朝臣也為你開顏，
"你的呆癡與日俱增，一年勝過一年，
"直至你從賣藝攤檔，躋身劇院宮闈，
"直至呆廝女神，把你送上帝國王位。
"歌劇已經為你，鋪設好前行的路徑，

的文字，又寫過支持托利黨的文字，曾組織燒毀教皇像的活動，也曾參加英王詹姆斯二世(James II, 1633–1701)的軍隊，後者是信奉天主教的君主。

84 原注說瑟透晚年潦倒，不得不套上自製的戲裝扮演惡龍，在巴薩羅繆大集期間擺攤掙錢。

85 "史密斯菲市集"即巴薩羅繆大集(參見前文注釋)。

86 在蒲柏的時代，板車是拉娼妓去遊街示眾和拉死囚去刑場的工具。

87 "愛國者"即"愛國輝格黨"(Patriot Whigs)，是從輝格黨分離出去的一個小黨派，激烈反對以沃波爾為首的政府。

"她是女神那溫柔攻勢，可靠的先鋒。
"讓她佔據你的心，成為你老邁之時，
"第三狂熱的癡迷，僅次於婊子骰子。
"你要教囀鳴的波呂菲米，學會咆哮，[88]
"你自己也要發出，前無古人的尖叫！
"縱然你無法為大業，拉來天堂助陣，
"總得拉來地獄，須知浮士德是友軍，
"普路同和加圖，會為大業敵愾同仇，
"悼亡新娘和普洛塞庇娜，也會攜手。[89]

---

88 波呂菲米(Polypheme)即古希臘神話中的食人獨眼巨人波呂斐摩斯(Polyphemus)。古希臘神話英雄俄底修斯曾被波呂菲米抓住，後設法灌醉波呂菲米，戳瞎了波呂菲米的獨眼。此前他告訴波呂菲米，他的名字叫"沒有人"，所以受傷的波呂菲米呼叫同伴時，同伴聽說"沒有人"傷害他，就沒有來幫忙。原注說希伯把講述這個故事的意大利歌劇《波呂菲莫》(*Polifemo*)譯成英文，結果把"我名叫'沒有人'"譯成了"我沒有名字"，使讀者無法理解故事情節。"囀鳴的波呂菲米"之說，可能是因為蒲柏認為，讓粗野的巨人使用歌劇的華麗唱腔，未免荒唐可笑。詩中讓貝斯(希伯)去教巨人咆哮，是諷刺希伯的嗓音缺陷。希伯天生一副尖嗓子，演丑角得心應手，但據他自傳所說，"嗓音的缺陷"使他無法出演英雄主角。

89 浮士德(Johann Georg Faust, 1466?–1541?)為德國術士及占星家，死後成為傳奇人物，出現在了當時英國的許多潘托劇當中。普路同(Pluto)是古希臘神話中的冥王，普洛塞庇娜(Proserpine)是古羅馬神話中的冥后，兩者都是潘托劇裏常見的角色。"加圖"和"悼亡新娘"分別指艾迪森的名劇《加圖》(*Cato*)和康格里夫的名劇《悼亡新娘》(*Mourning Bride*)，原注認為二者都是"頂尖的悲劇"。當時的劇院(比如希伯的杜里巷劇院)常常在正劇之後接演鬧劇，照原注說是"使觀眾消化不良"。

“格拉布街啊！就算你毀於人神共憤，
“你的舞臺仍將屹立，投了火險就行。[90]
“又來一個埃斯庫羅斯！你們準備好，
“身懷六甲的婦人啊，小心胎兒不保！[91]
“小心床上升起，吞噬塞墨勒的烈焰，[92]
“小心洞開地獄噴吐猛火，兜頭撲面。
“聽着，巴烏斯，趕緊取下你額上煙膏，[93]
“送到這裏來！眾英豪都來這裏拜倒！
“他，往古詩行所預言的他，已經到來，
“他好比奧古斯都，來開創薩呑時代。[94]

---

90 當時的劇場靠蠟燭照明，存在嚴重的火災隱患。原注說當時的一些鬧劇為求聳動觀眾，不光把焚燒麥田或穀倉的場景搬上舞臺，並且競相在臺上展示地獄火焰。這樣的舉動，無疑增大了失火的風險。

91 據原注所說，古希臘劇作家埃斯庫羅斯(Aeschylus, 前525/524–前456/455)在舞臺上呈現的復仇女神形象十分可怖，使觀眾驚懼莫名，以至於兒童昏厥，孕婦流產。埃斯庫羅斯以追求舞臺特效聞名，原注的說法見於古代佚名作者的《埃斯庫羅斯生平》(*Life of Aeschylus*)。

92 據奧維德《變形記》第三卷所載，朱庇特勾搭他的女祭司塞墨勒(Semele)，使得天后朱諾十分憤怒。朱諾喬裝勸說塞墨勒，應該要求情夫在床上展示全部的威光，以便證明他真的是朱庇特。上當的塞墨勒依言行事，結果被朱庇特的雷電當場燒死。

93 本卷前文說“夏德維爾頷首致意，額上沾着煙膏”，由此可見，詩中的巴烏斯和夏德維爾(參見前文注釋)可能是同一個角色。

94 原注引用了維吉爾《埃涅阿斯紀》第六卷的詩句：“這就是那個人，這就是他！/關於他的預言，你時常聽人說起。/他就是神明之子，奧古斯都．愷撒，/他將使黃金時代，重臨薩呑曾經統治的土地。”這些詩句是安喀塞斯向埃涅阿斯揭

"一個又一個徵兆，迎來這輝煌之年！
"看哪！暗昧群星完成輪迴，重新出現。
"看，看，我們的真正福波斯，戴了桂冠！
"我們的米達斯，當上了戲劇大法官！95
"看，本森的美名，借詩人的墳墓書寫！96
"瞧！安布羅斯·菲力浦斯，靠才華晉爵！97
"看，一座新的白廳，因里普利而崛起，
"瓊斯和博伊爾的手筆，卻坍塌傾圮；98

示羅馬的未來，講到了羅馬帝國的締造者奧古斯都(Caesar Augustus, 前63–14)，亦即屋大維。這裏是説貝斯(希伯)之於呆廝帝國，猶如屋大維之於羅馬帝國。"薩吞時代"本來與"黃金時代"同義(參見前文注釋)，但原注指出，這裏的"薩吞時代"並非黃金時代，而是如本書第一卷所説，是一個"鉛做的"時代。

95 米達斯(Midas)是古希臘神話中懂得點金術的國王，他曾列席山林之神潘和文藝之神阿波羅的音樂比賽，聽了之後不辨好歹，硬要説潘勝過阿波羅，結果被阿波羅懲罰，耳朵變成驢耳形狀。當時英國的大法官(Lord Chancellor)有禁演戲劇的權力，希伯作為劇院經理，也有權決定戲劇能否在自家劇院上演。

96 這一行及以下七行説的是當時的種種悖理怪狀。本森(William Benson, 1682–1754)為輝格黨政客及業餘建築師，於1718年謀得皇家工程總監之職，後誤將上議院宣佈為危房，由此被革職。1737年，他命人在西敏寺建造彌爾頓紀念碑，並為此事鑄造紀念章。蒲柏認為他這是利用已故詩人來自抬身價。

97 安布羅斯·菲力浦斯(參見前文注釋)先後從政府獲得了一系列官職，但蒲柏認為這不是因為他的才幹，只是因為他替執政的輝格黨攻訐異己。原注説菲力浦斯曾在蒲柏和艾迪森之間挑撥是非，還曾誣衊蒲柏是黨派報刊的寫手。

98 "白廳"(White-hall)代指英國政府建築。里普利(Thomas Ripley, 1682–1758)為木匠出身的英國建築師，作品包括沃波爾的宅邸，以及海關大樓和海軍部等政府建築，蒲柏認為他品

"瑞恩黯然沒入黃土，空懷滿腔悲憤，[99]，
"蓋伊有朋友千百，卻到死不得年金。[100]
"斯威夫特啊！註定搞希伯尼亞政治；[101]
"蒲柏的命運，是十年的評注和翻譯。[102]

味低俗。瓊斯(Inigo Jones, 1573–1652)為英國著名建築師，作品包括白廳宮(Palace of Whitehall, 1530至1698年間為英國王宮)的宴會樓，以及柯汶特花園(Covent Garden)的廣場和教堂。博伊爾(Boyle)即蒲柏的友人、英國建築師伯靈頓伯爵(Richard Boyle, 3rd Earl of Burlington, 1694–1753)，他將意大利建築大師帕拉迪奧(Andrea Palladio, 1508–1580)的風格引入了英國，並曾負責修復瓊斯設計的柯汶特花園建築。據原注所說，蒲柏寫作此詩之時，白廳宮宴會樓等瓊斯作品都已經多年失修，面臨化為廢墟的危險。

99 瑞恩(Sir Christopher Wren, 1632–1723)是英國歷史上最受推崇的建築師之一，曾於1666年倫敦大火後奉命建造包括聖保羅大教堂在內的五十二座教堂。他擔任皇家工程總監將近五十年，於1718年被上文中的本森設法頂替。

100 由於種種原因，蒲柏的友人約翰·蓋伊(參見前文注釋)沒有獲得宮廷贊助(年金)，雖然蓋伊的朋友包括喬治二世的情婦薩福克伯爵夫人(Henrietta Howard, Countess of Suffolk, 1689–1767)。蓋伊寫有寓言《朋友眾多的野兔》(*Hare and Many Friends*)，大致情節是野兔有很多朋友，但當野兔遭遇危險時，朋友們卻相互推諉，誰也不肯幫忙。原注對蓋伊推崇備至，說他寫出了許多優秀作品，還創作了大獲成功的民謠劇《乞丐歌劇》(*The Beggar's Opera*, 1728)，憑一己之力暫時壓住了意大利歌劇的風頭。

101 希伯尼亞(Hibernia)是愛爾蘭的古稱。斯威夫特不受朝廷賞識，因此得不到英格蘭的神職，只好遁居愛爾蘭，去過事實上的流放生活。1727年，斯威夫特最後一次造訪英格蘭，逗留期間與蒲柏同住。

102 蒲柏借由翻譯荷馬史詩獲得了財務獨立，但翻譯過程辛苦勞累，還使他無暇從事長篇創作。原注說他耗費了六年時間(1713–1719)來翻譯《伊利亞特》，之後用了將近兩年來整理莎翁著作，此後又開始翻譯《奧德賽》，直至1725年(只譯了

"挺進吧，大時代！直至學問逃去無蹤，[103]
"直至樺木杖[104]，不再被高貴鮮血染紅，
"直至伊頓學子，在泰晤士終日玩耍，
"直至西敏公學，一年到頭不停放假，[105]
"直至艾西斯長老[106] 昏醉，任學生浪蕩，
"慈祥母親也癱軟如泥，港灣裏安躺！"[107]
夠了！夠了！這狂喜的君王[108]，歡聲叫喊，
於是這幅幻景，從象牙門消失不見。[109]

半部，其餘半部由他人完成)。

103 這一行及以下五行是說呆廝女神將繼續擴張勢力，使得英國的頂尖教育機構紛紛墮落。原注說，讀者可能會懷疑，詩中提及的一眾呆廝僅僅是呆廝女神的"虛弱爪牙"，並不能造成如此翻天覆地的變化，但讀者們應該記得，荷蘭曾有大片國土被淹，禍端也不過是一隻水鼠在海堤上掏了個小洞而已。

104 樺木杖是當時體罰學生的教具。

105 伊頓公學和西敏公學都是英國的頂尖公學，伊頓在泰晤士河邊。

106 "艾西斯長老"指牛津大學的教員。泰晤士流經牛津的河段名為艾西斯河(River Isis)。

107 "慈祥母親"(*Alma mater*)指劍橋大學，當時的劍橋大學出版物扉頁印有拉丁語句"*Alma mater Cantabrigia*"(劍橋是我們的慈祥母親)。"港灣"原文為"port"，兼有"波爾圖葡萄酒"之義，因此這一行也可譯為："慈祥母親也爛醉如泥，美酒中安躺。"

108 即呆廝之王貝斯(希伯)。

109 原注引用了維吉爾《埃涅阿斯紀》第六卷的詩句："夢鄉有兩道門，其中一道據說是角質，/真實的前景，從此門任意來去，/另一道門，則由拋光象牙製成，/幽魂借由此門，向陽間傳送虛假夢境。"此處的原注寫在本書第四卷面世之前，因此以"象牙門"為據，說貝斯看見的景象都是虛幻，不可能成為現實。

第四卷

概述

本卷將會宣告，前卷篇末的預言皆成現實。有鑑於此，詩人在卷首呼召新的助力，因為那些更為偉大的詩人，詠唱宏大崇高主題之時，往往也採取同樣的手法。詩人繼而敘寫，呆厮女神挾王者威儀降臨，意在將秩序與學問盡行摧毀，將大地變成呆厮王國：她如何將學問變作俘囚，使繆斯無法開口，又以何等物事，替代學問和繆斯。所有的女神子裔，受奇妙引力感召，紛紛來到女神身側。與他們同來的各色人物，或是姑息養奸，或是反抗不力，或是壓制藝文，總之都在為女神的帝業推波助瀾，其中包括低能智障、瞎眼擁躉、駑遠庸才，以及呆厮的幫閒或恩主。一干人等簇擁在女神周圍，其中之一正要向女神獻禮，卻被一名爭寵者趕開，但女神不偏不倚，予二人褒揚鼓勵。率先進言的是各所公學的守護精靈，他向女神保證，一定會悉心推進女神大業，使學子困於尋章摘句，無法求得真知。女神親切回應他的表白，就勢道出她對公學和大學的囑託。各所大學的稱職代表隨即出場，信誓旦旦地告訴女神，高等教育的發展，遵循的也是同樣的道路。正當阿瑞斯塔克斯[1] 就此發表高論，一班遊學歸來的年輕紳士隨各自導師來到現場，趕走了前述人等。其中一位導師呈上一篇彬彬有禮的演講，詳盡敘說他們的旅途經歷和成果，並且向女神隆重引見，一位修業圓滿的貴族青年。女神對這位青年禮敬有加，賜予他不知羞恥的快活稟賦。接下來，女神看見周圍有一群遊遊蕩蕩的無賴，置一切事業義務於不顧，眼看着就要懶惰至死；古董行家安紐斯[2] 隨即出場，一邊走向這些無賴，一邊懇請女神把他們變成鑒賞家，交給他來處置。另一位古董行家麻繆斯[3] 卻忿忿不平，聲稱安紐斯藏奸使詐，於是女神想出一個辦法，化解了二人分歧。這之後，一隊裝束古怪的人物登場亮相，向女神獻上他鄉異國的奇特禮物。其

1　里卡都斯．阿瑞斯塔克斯(Ricardus Aristarchus)是蒲柏給英國古典學者及批評家理查．本特利(Richard Bentley, 1662–1742)起的諢名，源自以嚴謹聞名的古希臘文法家、文本考據家、荷馬史詩權威學者阿瑞斯塔克斯(Aristarchus of Samothrace, 前220?–前143?)。本特利(他是第二卷當中那個本特利的叔叔)注重文本考據，後世學者尊之為歷史語文學的奠基人，蒲柏等同時代文人卻視之為鑽牛角尖的學究。

2　安紐斯(Annius of Viterbo, 1432?–1502)為意大利修士及學者，以偽造古文獻聞名。蒲柏所說的安紐斯另有所指，見後文。

3　麻繆斯(Lucius Mummius)是西元前二世紀的羅馬政客及將領，以屠戮焚掠希臘古城科林斯(Corinth)聞名。蒲柏所說的麻繆斯另有所指，見後文。

中之一上前陳詞，希望女神還他公道，因為他有一樣自然界頂頂珍奇的物事，但卻被另一人生生毀去。他的控訴對象做出了無比有力的自辯，以致女神一視同仁，予二人褒獎讚揚。女神建議他倆給前述的一眾無賴安排相宜的工作，比如說研究蝴蝶、貝殼、鳥窩、苔蘚，如此等等，還特意提醒他倆，絕不能讓工作脱離皮毛瑣屑的範圍，以免這些人對自然，或者是締造自然的大匠，產生博大有益的認識。針對女神的最後一層顧慮，各位牛角尖哲學家和宗教自由派給出了熱情洋溢的擔保，其中之一代表眾人發言，稱女神盡可高枕無憂。薩利納斯[4]隨即出場，把領受前述教誨的一眾青年交給女神，讓他們品嘗一位巫師的美酒。這位巫師是女神的大祭司，他的美酒可使人徹底忘卻一切義務，無論義務源自宗教或世俗，道德或理性。女神給這些受洗者配備各式各樣的祭司、跟班和侍應，賜予他們頭銜和學位，對他們發表臨別叮嚀，確認他們每個人的特權，講清他們每個人的使命，並以一個非同凡響的哈欠作結。這哈欠流佈天下，澤及芸芸眾生，隨着黑夜與混沌捲土重來，萬事萬物歸於完滿，本書詩行也歸於完結。

4 薩利納斯(Silenus)是古希臘神話中酒神狄俄尼索斯的隨從，蒲柏用他來象徵享樂主義，詳見後文及相關注釋。

且饒，且饒一刻，且饒一縷幽光不滅，[5]
可畏的混沌之王啊，還有永恒黑夜！
我只求你們暫借，依稀可辨的黑暗，[6]
好將深遠用意，一半顯露一半隱瞞。
尊神啊！我唱的是你們，復興的奧義，
時光以迅捷羽翼，載我向你們奔去，
請你們暫不施放，怠惰的強大力量[7]，
稍後才一股腦收走，我和我的詩行。[8]
此時天狼高照，放射火一般的兇焰，
使所有頭腦毀傷，使所有月桂凋殘；[9]
太陽蒼白失色，鴟鴞捨棄林間巢窠，
被月亮蠱惑的先知，預見瘋狂時刻。[10]

---

5 這一行及以下七行是詩人對混沌王和永恆黑夜(呆厮女神的父母)的呼召。據原注所說，本卷的分量重於前三卷，堪稱“大呆厮國誌”(Greater Dunciad)，原因卻不是本卷的篇幅(儘管這一卷比之前的三卷長得多)，而是本卷的主題。

6 彌爾頓《失樂園》第一卷如是形容地獄景象：“陰慘慘一座地牢，四圍烈火熊熊，/如同一個巨大的熔爐，/爐火投射的卻不是光，只是依稀可辨的黑暗。”

7 參照原注所說，“怠惰的強大力量”是指事物的惰性(*Vis inertiae*)，亦即事物抵抗改變和外力作用的固有性質(用例如“惰性氣體”“惰性元素”)。

8 這行詩隱含的意思是，呆厮帝國一旦主宰世界，詩人和詩歌便不再有流傳後世的機會。另有西方注家認為，蒲柏借這行詩透露了他自己的死亡預感(《呆厮國誌》最終版刊行之後不到一年，蒲柏便與世長辭)。

9 西方古人一般認為天狼星是紅色的，並且認為天狼星會造成天氣酷熱、植物枯乾、人畜疾疫等惡果。

10 西方古人認為月亮有使人發瘋的作用。原注說“太陽蒼白失色”是指日蝕，太陽失色，意味着理智之光歸於熄滅，月亮

於是混沌和黑夜的苗裔，趁勢降臨，
來抹除世間秩序，來撲滅世間光明，
來打造一個，暗昧腐化的嶄新世界，
來書寫一段，鉛鑄金裝的薩呑歲月。[11]
她登上寶座，借一朵烏雲遮掩頭顱，
頭顱以下的部位，明晃晃徹底暴露[12]
(雄心勃勃的女神，總這麼光彩照人)，
她的桂冠愛子，在她膝頭睡得安穩。
她的腳凳之下，學問在縲紲中呻吟，
才智則驚恐面對，放逐、罰金和苦刑。[13]
叛逆邏輯怒不可遏，嘴被堵身被綁，
美麗修辭癱倒在地，衣服已被扒光；
詭辯術手裏拿着，邏輯的去刃武器，
不知羞的髒話嬸[14]，穿着修辭的袍子。
兩個假充的監護，將道德拖來曳去，

得勢，意味着世界走向瘋狂。

11 參照原注所說，以上四行的意思是，呆斯女神身為混沌和黑夜的女兒，自然是秩序和光明的死敵；沒有了光明(才智、學問和藝文)和秩序(包括道德準則)，世界便暗昧(鉛鑄)腐化(金裝)。“薩呑歲月”見前文關於“薩呑時代”的注釋。

12 原注說這一行指涉西方俗諺：“爬得越高，屁股露得越多。”

13 據原注所說，呆斯女神認為才智是比學問更危險的敵人，因此用各種刑罰來對付才智，對學問則只是捆綁了事，有時還招納一些類似於學問的爪牙，比如下文中的詭辯術和決疑論。

14 “髒話嬸”原文為“Billingsgate”，見前文注釋。

枉法身穿貂皮，決疑論身穿細麻衣，[15]
他倆一勒緊繩索，道德便艱難喘息，
女神叫佩吉動手，道德便引頸受死。[16]
唯有那瘋癲數學，不曾遭拘禁羈絆，
因為他瘋癲太甚，不畏懼有形鎖鏈，
一忽兒心醉神迷，抬眼望純淨空間[17]，
一忽兒繞圓奔跑，想把它的方找見。[18]
倒地的眾位繆斯，卻身遭十重捆縛，
嫉妒和奉承充任，看管她們的獄卒。[19]

---

15 據原注所說，道德(Morality)是正義女神阿斯特萊亞(Astraea)的女兒。遠古的黃金時代和白銀時代，神和人共居大地。到了青銅時代和黑鐵時代，眾神眼見人類日益墮落，便離開大地返回天庭。阿斯特萊亞最後一個離去，把女兒道德留在人間，落到了枉法(Chicanery)和決疑論(Casuistry)手裏。枉法是墮落的司法，裝束類似法官(當時英國法官的公服飾有貂皮)，決疑論(大致相當於倫理領域的詭辯術)是墮落的宗教，裝束類似主教(細麻衣)。

16 據原注所說，英國法官佩吉(Francis Page, 1661–1741)生性殘忍，任職期間絞死了一百名犯人，到老邁之年仍不停手。原注補充說，這行詩說的也可能是土耳其，該國有讓啞子(把劊子手弄成啞子，為的是不讓他們揭發主子)或聽差("page"一詞有"聽差"之義)絞死要犯的慣例。原注還說，就連土耳其的做法也比"我們的佩吉"文明，因為佩吉不光絞死犯人，還會對犯人惡語相加。

17 "純淨空間"即自然界並不存在的"絕對真空"。

18 這一行說的是古希臘數學家提出的"化圓為方"難題，亦即僅靠直尺圓規、用有限步驟作出一個與給定圓形面積相等的正方形。1882年，德國數學家林德曼(Ferdinand von Lindemann, 1852–1939)最終證明此題無解。

19 參照原注所說，這兩行指涉的時事是沃波爾政府於1737年頒佈《許可法》(*Licensing Act*)，規定戲劇公演必須得到宮務大

悲劇往往將匕首，扎進暴君的胸膛，
如今卻痛不欲生，要刺自己的心臟，
幸好有清醒的歷史，勸她暫且住手，
説這個野蠻時代，終不免報應臨頭。
澤利亞[20]僵硬冰冷，無精打采往下栽。
多虧有她姊妹諷刺，幫她撐住腦袋。[21]
你呀，切斯特菲爾德！[22]無法忍住淚水，
你不禁哀聲啜泣，眾繆斯與你同悲。
正在這時，看哪！一名蕩婦款款飄過，[23]
只見她小碎步，細嗓子[24]，嬌滴滴眼波，

臣許可，借此鉗制對政府的批評。

20 澤利亞(Thalia)是古希臘神話中九位繆斯女神之一，司掌喜劇。

21 以上六行説的是悲劇繆斯、歷史繆斯、喜劇繆斯和諷刺繆斯的遭遇。據原注所説，悲劇的職責是記載大人物的罪與罰，喜劇的職責是揭露普通人的惡與愚，兩者都遭到呆廝女神的禁錮。歷史和諷刺之所以得到一定程度的容忍，以至於能夠照顧她們的姊妹，是因為歷史與呆廝女神之間存在複雜的恩怨，諷刺則無法征服，永遠不會噤聲。原注關於諷刺的説法，可以看作對蒲柏的讚揚，因為蒲柏不畏權勢，堅持以諷刺手法抨擊沃波爾政府。

22 "切斯特菲爾德"即英國政客、第四世切斯特菲爾德伯爵菲力浦·斯坦霍普(Philip Stanhope, 4th Earl of Chesterfield, 1694–1773)。斯坦霍普雖是輝格黨人，但卻反對沃波爾的政策。據原注所説，1737年，他在上議院發表了一篇抵制《許可法》的精彩演講。

23 原注説這裏的"蕩婦"是意大利歌劇的化身，並且説歌劇矯揉造作，唱腔陰柔，不過是各種流行唱段的生硬拼湊，但卻得到了上流社會的贊助。

24 "小碎步"指歌劇的臺步，"細嗓子"指唱歌劇女主角的女高音和唱男主角的閹人歌手。

一身異國情調，拼貼衣袍招招展展，
顯露礙眼自豪，腦袋微微側向一邊，
身子由一群唱曲的貴族，兩邊扶持，
笑吟吟一步三搖，嬌美得無法站立。
她向九位倒地繆斯，投去一個白眼，
然後操起古怪的宣敘調[25]，如是開言：
"噢，親愛的！親愛的！[26]快讓這幫人肅靜。
"願偉大混沌開懷！願花腔[27]風騷獨領；
"半音階的酷刑，很快就會攆走他們，
"摧垮他們的神經，扯碎他們的理性；
"一個顫音[28]，便統合歡喜、憤怒與悲哀，
"喚醒昏沉的教會，催眠鬧嚷的戲臺；[29]
"你兒子們會隨雷同曲調，哼唱打鼾，
"女兒們會邊打哈欠邊喊，'再來一遍。'
"一個專屬於你的福波斯[30]，即位臨朝，

---

25 宣敘調(*recitativo*)是一種接近朗誦的唱腔，歌劇用它來取代念白。當時的許多英國批評家認為，這也是歌劇矯揉造作的一個表現。

26 "親愛的"原文為意大利文"*cara*"。人格化的歌劇以意大利語稱呼呆厮女神，顯得既親昵又做作。

27 "花腔"原文為"division"，指"減值變奏/裝飾音"，同時兼有"分歧"之義。原注說歌劇大量使用各種音樂裝飾元素，全不管和諧與否。

28 半音階(chromatic)和顫音(trill)也是歌劇常用的元素，蒲柏視之為矯揉造作的娘娘腔特徵。

29 以上兩行是指斥歌劇手法單一，音樂不配襯心緒和劇情。

30 據原注所說，這裏的"福波斯"(Phoebus)不是阿波羅，而是一個法國血統的現代福波斯。這個福波斯娶了嘉麗馬夏公

"在我枷鎖中歡喜，在我鐵鍊中舞蹈。
"但若是音樂要無賴，去找理性求援，
"那我們很快，唉，很快，就會遭遇叛亂。
"看！巨人亨德爾[31] 站在那裏，武備翻新，
"活像百手的布里亞柔斯[32]，好勇鬥狠；
"他攜來馬斯鼓聲，以及朱庇特雷霆，[33]
"妄圖撩撥、喚醒和震撼，人們的心靈。
"女皇啊，快抓住他，要不你無法安眠。"
女神依言將他，發配希伯尼亞海岸，[34]

主(Princess Galimathia)，後者是呆厮女神的使女，並且是歌劇的助手。原注中"嘉麗馬夏公主"的名字源自法文詞彙"*galimathias*"(無聊廢話)，另據法國詞典編纂家菲勒蒂埃(Antoine Furetière, 1619–1688)所說，"*phoebus*"在當時的法語中有"誇張廢話"之義。此外，本書第三卷末尾說貝斯是"我們的真正福波斯"，可參看。

31 亨德爾(George Frideric Handel, 1685–1759)，德裔英國作曲家，巴羅克時期最偉大的作曲家之一。

32 布里亞柔斯(Briareus)是古希臘神話中的百手巨人，曾協助宙斯擊敗泰坦巨人(Titans)。

33 馬斯(Mars)是古羅馬神話中的戰神。亨德爾創作的聖堂劇(oratorio, 亦稱"神劇")演員眾多，樂器繁雜，氣勢恢宏，故有"朱庇特雷霆"之說。他的聖堂劇《掃羅》(*Saul*, 1739)使用了從倫敦塔借來的一些銅鼓，這些銅鼓據說是英軍的戰利品，故有"馬斯鼓聲"之說。

34 據原注所說，亨德爾的劇作"太過陽剛"，為當代"精緻紳士"所不容，以致亨德爾被迫去愛爾蘭(希伯尼亞)另謀出路。原注所說是當時人們的一種認識，但現代史家認為，亨德爾1741至1742年間的愛爾蘭之行原因複雜，不一定是被迫。除此而外，亨德爾不光寫聖堂劇，還寫了大量歌劇，是當時倫敦最重要的歌劇作曲家，不能算作歌劇的敵人。

隨後吩咐聲名之神，吹響殿後號角，[35]
召喚萬邦萬族，來女神寶座前報到。
老老少少的內心，感應女神的招引，
共有本能攫住他們，送他們來朝覲。
沒有誰需要嚮導，領路有篤定引力，[36]
腦子裏強勁重力，也驅使他們前去；
沒有誰缺少位置，都找到共同核心，
他們圍在女神身邊，彼此牢牢貼緊。
嗡嗡的蜜蜂，一圈圈環繞黯黑蜂后，
聚成的蟲豸圓球，也不比他們緊湊。[37]
他們這越來越大的球體，旋轉不停，
將一大幫不情不願的人，吸向自身，
這些人一點點屈服，掙扎越來越弱，
最終奉女神為主，掉進女神的漩渦。

35 英國大詩人喬叟(Geoffrey Chaucer, 1340?–1400)在長詩《聲名之堂》(*The House of Fame*)中說，聲名女神(Fame)有兩支號角，一銅一金，銅號傳播惡名，金號傳播美譽。原注指出，這裏的"殿後號角"就是第二支號角(金號)，"除非我們認為'殿後'一詞如《修迪布熱斯》(*Hudibras*)所說，指的是聲名女神某一支號角的位置。"《修迪布熱斯》是英國詩人塞繆爾·巴特勒(Samuel Butler, 1613–1680)創作的諷刺史詩，原注引用了詩中的相關句子(稍有改寫)："她(聲名女神)兩支號角，吹的不是同樣的風，/一支向前吹送，一支向後吹送；/所以說當代作家的聲譽，/一種是美名，一種是惡謚。"

36 原注說："呆廝女神的子裔不需要任何學習，不需要任何人生指引。無論研究任何學問，他們都是自己做自己的導師，無論去往任何地方，他們都是自己做自己的領路人和介紹人。"

37 參照原注所說，以上八行說的是呆廝世界的第一個階層亦即核心階層，成員都是最徹底的呆廝，天生親附呆廝女神。

女神大業的輔翼，不光是被動順民，
還包括形形色色，有氣無力的叛軍，[38]
包括王城和學院，窩藏的呆廝妖孽，
他們或戴假髮或披學袍，相互輕蔑，[39]
包括所有那些，難分類的雜交品系，
呆廝血統的才子，才子血統的呆廝。[40]
一眾化外之民，也來幫襯女神帝業，
有的身據要津，卻將女神子裔獎掖；
有的背叛福波斯[41]，向巴爾屈膝下跪[42]；
有的宣講福波斯，只可惜口是心非；
有的將生者應得的褒揚，留給死鬼，
活着時不給年金，死了才知道立碑；[43]

---

38 如果從政治層面理解，核心階層指沃波爾政府的忠實擁躉，“被動順民”指明哲保身的軟骨頭，“有氣無力的叛軍”指反抗不力、徒然為沃波爾政府提供鎮壓口實的群體。

39 “王城”喻指貴族階層，他們戴時髦的假髮。披學袍的則是“學院”裏的學者。

40 據原注所說，以上十行說的是呆廝世界的第二個階層，這些人勉強服從女神，但不願承認自己受了女神的影響。

41 原注指出，此處的福波斯不是法國福波斯，而是真正的福波斯(阿波羅)，他沒有選定的祭司或詩人，一視同仁地啟迪雅好藝文之士。

42 巴爾(Baal)是中東地區一些古代民族敬奉的主神，偶爾也得到早期以色列人的奉祀。基督教視巴爾為邪神，有時還將巴爾等同於撒旦。據《新約 · 羅馬書》所載，上帝曾說：“我為自己保留了七千人，他們未曾向巴爾屈膝下跪。”

43 1732年，喬治二世的王后卡羅琳(參見前文注釋)命人樹立五尊偉人胸像，招來了斯威夫特的嘲諷：“我們的儉樸王后，為節省肉食着想，/樹起了這些，吃不了肉的頭像。”

有的為諂媚呆厮，披上神聖的法衣；
有的將桂冠，送給一個又一個呆子；[44]
最後一種最是惡劣，看似文章滿腹，
但卻沒有靈魂，只是繆斯的假信徒。[45]
浪蕩詩人和呆瓜，便如此並肩上場，
一個為銀子吟唱，一個為面子解囊。
納西瑟斯，禁不起牧師的全力謳歌，
羞澀地低頭，好似雨打的白色百合。[46]
只見蒙塔爾托[47]，趾高氣揚邁步向前，
一隻手臂前伸，托着一部漂亮書卷；

---

44 前一行說的是以顯要聖職獎賞馬屁精的時弊，這一行說的是尤斯登和希伯相繼成為桂冠詩人的事情。

45 據原注所說，以上十行說的是呆厮世界的第三個階層，其成員不屬於呆厮帝國，但卻以各種方式助長了呆厮女神的勢力。這個階層包括五類人，前四類是崇奉呆厮女神的貴族、愚蠢評判、愚蠢作家和愚蠢贊助人，最後及最惡劣的一類是假才子，這類人認為娛樂消遣是詩歌的唯一用途，耍嘴皮子是詩人的唯一事業，由此不光自身墮落為瑣屑文人，還教壞了他們的追隨者。

46 納西瑟斯(Narcissus)是古希臘神話中的美少年，因癡迷於自己的水中倒影而溺死，死後化為水仙花。這裏的納西瑟斯是指赫維勳爵(參見前文注釋)。赫維是雙性戀，長年體弱多病。英國國教會牧師及作家康耶斯·米德爾頓(Conyers Middleton, 1683–1750)曾在作品題獻中極力吹捧赫維。

47 蒙塔爾托(Montalto)指曾任下院議長的英國政客湯瑪斯·漢默(Sir Thomas Hanmer, 1677–1746)。蒲柏稱漢默為"Montalto"(這個詞在意大利語中意為“高山”)，是因為他自高自傲。下文中的“漂亮書卷”，指的是漢默編印了一部裝幀豪華的莎士比亞作品集。“朝臣”和“愛國者”(參見前文注釋)是當時英國政壇上兩股對立的勢力，“衝兩邊頻頻哈腰”是說漢默在政治上兩邊討好，立場曖昧。

朝臣和愛國者，退向兩邊為他讓道，
他便從中間穿過，沖兩邊頻頻哈腰；
正當他亮出，優雅身段和敬畏眼光，
站定欲言，卻被狂妄本森，搡到一旁；
本森拄的是兩根，無與倫比的拐棍，
分別刻有名字，彌爾頓和約翰斯頓。[48]
這高貴的騎士轉身退下，強抑怒火，
"什麼！"他如是叫嚷，"瞧不起莎翁著作？"
幸好是時勢幫忙，使得他轉怒為喜，
阿波羅的市長和長老，突然間現世，
還帶來三百個青年，頭戴金穗帽子，
準備拉着他編的大部頭，招搖過市。[49]
於是女神笑道，"才子就該這樣紀念！[50]

---

48 蒲柏認為本森利用已故名人自抬身價(參見前文注釋)。這裏的"兩根拐棍"，一根是指本森炮製的彌爾頓紀念碑和紀念章，一根是指英國詩人及醫生亞瑟·約翰斯頓(Arthur Johnston, 1579?–1641)用拉丁文翻譯的《舊約·詩篇》。本森不光出資印行約翰斯頓的譯本，還為它撰寫序言，把它題獻給喬治二世的孫子(亦即後來的喬治三世)。

49 參照原注所說，以上六行說的是漢默所編莎翁作品集的出版經過。漢默有從男爵頭銜，故有"高貴的騎士"之說。漢默曾以成本太高為由，表示要放棄印行莎翁作品的計劃，但牛津大學的副校長及部分院長支持漢默編印莎翁作品(原注說漢默肆意篡改莎翁文字)，並且預訂了三百套，供本校富裕學生(這些學生的帽子飾有金色流蘇)使用。蒲柏把牛津大學的校長院長稱為"阿波羅的市長和長老"，意思是他們摻和這種商業氣息濃厚的事情，等於把自己降到了故城市長及長老(參見前文相關敘述及注釋)的層次。

50 據原注所說，呆廝女神的以下言語是讚賞漢默和本森，說他

"但先得謀殺他們，把他們剁成碎片；
"好比古昔的美狄亞(殘忍，但卻救命！)
"賦予年邁的埃宋，一個嶄新的版本。[51]
"務必把經典作家，看得像戰旗一樣，
"越慘遭砍削撕扯，越顯得榮耀輝煌，[52]
"你們，我的評論家！正好借斑駁蔭涼，
"欣賞你們自造的破洞，透出的新光。
"孩兒們哪，把你們的榮名，儘量傳開，
"寫進柔順的紙張，刻進堅實的磚塊，
"叫他們休想把一個音步，一塊石頭，
"一頁紙，一座墓，視為他們自己所有。
"要讓每個詩人，都有長老坐在身側，[53]
"每個才子身邊，都吊着個臃腫爵爺，
"他們乘聲名的凱旋戰車，巡遊之時，

們身為"不以任何學問著稱的無名之輩，卻把自己的名字跟最傑出的作家貼在了一起"，前者的方法是"編印各種經過肆意篡改的版本"，後者的方法是"樹立各種紀念碑"。

51 美狄亞(Medea)是古希臘神話中的女巫。據奧維德《變形記》第七卷所說，美狄亞看到公公埃宋(Aeson)年老體衰，便割開埃宋的喉管，放光他所有的血，然後灌入魔藥，使他恢復了青春。

52 "經典"原文為"standard"，兼有"軍旗"之義。軍旗越是殘破，越是凸顯戰事的慘烈，因此便越是受人崇敬。

53 原注說相關事例見於西敏寺的"詩人之墓"。西敏寺的"詩人之隅"(Poets' Corner)有塞繆爾·巴特勒(參見前文注釋)紀念碑，立碑者是曾任故城市長的故城長老、印刷商約翰·巴伯(John Barber, ?–1741)，碑上刻有"倫敦市民約翰·巴伯於1721年樹立此碑"字樣。

"總有我某個奴才，跟他們綁在一起。"[54]

人群一層疊一層，在女神周圍推擠，

個個都急於進言，想搶在他人頭裏。

呆廝嘲諷呆廝，見不得對方佔便宜，

活寶卻向活寶，展示更周全的禮儀。[55]

正在這時，看哪！一個幽靈突出重圍，

幽靈的右手，掌控可怕魔杖的神威；[56]

他頭戴河狸呢帽，額繞一圈樺木條，[57]

稚童之血和慈母之淚，滴答往下掉。[58]

伊頓和溫頓[59]學子，一個個瑟瑟抖顫，

驚魂奪魄的恐懼，注滿每一根脈管；

西敏的張狂苗裔，一個個卑躬屈膝，

畏畏縮縮，俯首臣服於幽靈的宰制；

連年青議員也臉色煞白，股慄觳觫，

54 這兩行雖是諷刺，但也有史實依據。古羅馬舉辦凱旋慶典之時，得勝將領會乘着戰車巡遊，旁邊跟着身遭捆縛的戰俘。

55 原注說，呆廝與活寶(fop)有所不同，呆廝借挑刺找茬來賣弄，以反駁攻訐為能事，活寶的賣弄相對平和，專注於讚歌頌詩一類的文字。

56 原注說，這裏的"魔杖"是學校教師使用的工具，"像墨丘利的魔杖一般，趕得那些可憐的靈魂團團轉。"荷馬史詩《奧德賽》第二十四卷寫到了神使赫耳墨斯(Hermes, 等同於古羅馬神話中的墨丘利)用魔杖把幽魂趕回冥界的事情。

57 當時的一些禮帽，材質是河狸毛壓成的呢子。"樺木條"等同於本書第三卷當中的"樺木杖"，是體罰學生的工具。

58 這裏的"幽靈"有可能影射以嚴厲聞名的西敏公學校長理查·巴斯比(Richard Busby, 1606–1695)。

59 溫頓(Winton)是英國漢普郡城鎮溫徹斯特(Winchester)的古稱，此處代指該地的溫徹斯特公學(Winchester College)。

兩隻手伸向褲腰，將馬褲牢牢拽住。[60]
幽靈開口説道："詞句分隔人獸之域，
"實乃學人正業，所以我們只教詞句。
"一旦理性躊躇，如薩摩斯字母一般，
"指出兩條道路，我們總以窄路為先。[61]
"我們把守學問之門，為年輕人領航，
"絕不會讓這道門户，開得太過寬敞。
"他們剛剛開始求知，開始揣測問難，
"想像剛剛為他們掘開，理性的湧泉，
"我們便祭出記誦的法寶，填塞頭腦，
"捆住反叛才智，用一重又一重鐐銬，
"綁縛思維，使他們只知道高談闊論，
"受困於詞句的牢籠，到死不能脱身。
"我們給心靈，統一拴上丁當的掛鎖，[62]
"無論各人稟賦怎樣，志趣又是如何。

60 以上兩行是説，出身公學的年輕人，哪怕已經當上了議員，仍不能擺脱學生時代對體罰的恐懼。參照原注所説，這兩行還暗指這些議員俯首聽命於沃波爾，無法履行民意代表的職責。

61 薩摩斯(Samos)為希臘島嶼，古希臘大哲畢達哥拉斯(Pythagoras, 前570?–前495?)的誕生地。薩摩斯字母即字母"y"，畢達哥拉斯曾用它的兩個分杈來象徵善惡兩種選擇。除此而外，《新約．馬太福音》載有耶穌訓誡："你們要進窄門……因為寬門大路導向滅亡……窄門小路導向永生。"但幽靈口中的"窄路"，顯然只具有"狹隘"的意義。

62 據原注所説，這一行的意思是公學教師把學生視同馱馬，逼迫他們背負詞句學問的重載，同時又給詞句加上丁丁當當的韻律，以防他們厭學。

"他們進校就拿起鵝毛筆，學習作詩，
"畢業時是何情狀？依然在學詩不止。[63]
"可惜呀！這魔法只將我們校園籠罩，
"到了那大廳會堂[64]，便迅速失去功效。
"那裏有逃課溫德姆，棄絕所有繆斯，
"有墮落塔爾波特，再也不伶牙俐齒！
"穆雷曾是我們，多麼傑出的奧維德！
"失去了普特尼，我們折損多少馬樹！[65]
"不然就會有，某位千古流芳的詩仙，
"耗費足足兩萬個，湊韻的晝日夜晚，
"寫出那曠世奇作，達到凡間的極限，
"使掃斯有緣目睹，人類的絕頂雄篇。"[66]

63 以上兩行指的是學堂裏的標準化作詩練習。

64 據原注所說，"大廳"和"會堂"分別指西敏廳(當時的政治聚會場所)和議會下院。

65 以上四行的意思是，溫德姆、塔爾波特、穆雷和普特尼都放棄了詩文消遣，投身於更為重大的事務。溫德姆(William Wyndham, 1688?–1740)為出身伊頓的英國政客，托利黨議員領袖。塔爾波特(Charles Talbot, 1685–1737)為出身伊頓的英國律師及輝格黨政客。穆雷(William Murray, 1705–1793)為出身西敏公學的英國律師及法官，托利黨政客，蒲柏的密友。穆雷以拉丁文及雄辯著稱，所以被比作古羅馬詩人奧維德。普特尼(William Pulteney, 1684–1764)為出身西敏公學的英國輝格黨政客，擅長創製警句雋語，所以被比作古羅馬警句詩人馬樹(Martial, 41?–104?)。這四人都反對沃波爾領導的政府。

66 "人類的絕頂雄篇"指的是篇幅短小的警句，意在揶揄英國教士掃斯(Robert South, 1634–1716)的觀點。掃斯提倡簡潔禱文，比之為哲學中的格言、宗教中的神諭和詩歌中的警句，認為這些都是人類心靈"最偉大最高貴的創製"。德萊頓和蒲柏都認為，史詩才是人類藝文的最高成就。

於是女神高喊，“噢，但願有塾師國主，
“有某個溫文詹姆斯，又來造福此土！[67]
“來將塾師的座席，鋪上君王的龍椅，
“給詞句製定律法，爭戰也只為詞句[68]，
“用希臘拉丁文字，將議會法庭司掌，
“並且將樞密院[69]，變成一座語法學堂！
“我身為呆廝女神，要看到出頭之日，
“無疑得借助專制的威權，提供蔭庇。
“噢！倘若我的子裔，非得有實用知識，
“只需學一個，對君王也夠用的道理；
“這道理一直掛在，我私家神父嘴上，
“這道理的存廢，決定着我們的興亡；
“你，還有劍河艾西斯[70]，定要大講特講！

67 據原注所說，以上兩行及以下十二行講的是呆廝女神的愚民之策。鑒於學校教育的功效不盡人意，女神便將專制權力列為補救之方。專制權力一方面施行高壓政策，使民眾不敢探究重大的社會問題，一方面又鼓勵民眾鑽研瑣屑的書齋學問，以便轉移視線。“塾師國主”指英王詹姆斯一世(James I, 1566–1625)，此人鼓吹“君權神授”，施行專制統治，同時又喜歡賣弄學問。史載詹姆斯一世曾親自教一名侍童學拉丁語，並且對當時的西班牙駐英大使寵眷有加，因為這位大使故意使用錯誤的拉丁語，給這位好為人師的君主提供了指正他人的機會。

68 詹姆斯一世奉行和平的外交政策，竭力避免捲入戰爭。現代史家對這位君主的評價，遠較此詩正面。

69 樞密院(Privy Council)是向英國君主提供政策建議的機構，在當時是一個權力很大的重要部門。

70 劍河(Cam)為英格蘭東部河流，流經劍橋，此處代指劍橋大學。艾西斯河(參見前文注釋)代指牛津大學。

"'天選君王永遠正確，有權誤國亂邦。'"
一夥人聽到召喚，便圍到女神身邊，
大簷帽兜帽四方帽，黑壓壓的一片；
這黑色的包圍圈，一層層越裹越厚，
人頭上百，全都是亞里士多德之友。[71]
艾西斯啊，你也在這裏，你也沒缺席！
(雖說假正經的基督教堂[72]，依然遠離。)
他們個個是硬嘴辯士，頑固如磐石，
個個是猛悍邏輯專家，將洛克拒斥，[73]
揚馬鞭緊馬刺，無懼坎坷全速趕來，
乘騎日爾曼克勞薩，和荷蘭布赫戴。[74]
同樣多的人馬，辭別那條水聲潺潺，

71 參照原注所説，這行詩是諷刺牛津大學的一些學者固守亞里士多德的過時學説("過時"是就其自然科學學説而言)，拒絕接受笛卡爾、牛頓、洛克等人的進步理論。

72 基督教堂(Christ Church)是牛津大學的一個學院。蒲柏對這個學院網開一面，是因為這個學院曾幫助蒲柏的友人抨擊論敵。

73 據原注所説，1703年，牛津大學曾召開各學院院長會議，決定禁止學生閱讀洛克撰著的《人類理解論》(*An Essay Concerning Human Understanding*, 1689)。

74 克勞薩(Jean-Pierre de Crousaz, 1663–1750)為瑞士神學家及哲學家，曾將蒲柏長詩《論人》(*An Essay on Man*, 1734)斥為異端邪説。布赫戴(Franco Burgersdijk, 1590–1635)為荷蘭邏輯學家，英國各所大學至十八世紀中葉仍在使用他編寫的邏輯學教材。詩中把這兩人比作馬匹，原注諷刺説："這些博士和院長竟然騎馬，似乎不合常理，因為他們近來要麼痛風要麼臃腫，一般都是坐車。但這些馬匹十分壯健，能夠承載任何重負，它們的日爾曼和荷蘭血統，已經表明了這一點。"

催眠瑪嘉烈和克萊爾學子的河川，[75]
本特利日前曾遊嬉河中，興風作浪，
猛攪渾水，如今卻跑到港灣裏安躺。[76]
這可畏的阿瑞斯塔克斯，領隊排頭，
滿臉都是無數個評注，刻出的深溝；[77]
他那從不為禮敬凡人，摘掉的禮帽，
由沃克[78]誠惶誠恐地取下，一旁收好。
他如君王般頷首，不學卑躬的同道，
貴格會眾也如此，不為人或神折腰。[79]
他説道："女神！趕走你座前這幫亂民。
"滾開——莫非你們不知，我的鼎鼎大名？
"我是你的非凡學者，從來不知疲倦，

75 "河川"指劍河。"瑪嘉烈"指英王亨利七世之母瑪嘉烈夫人(Lady Margaret Beaufort, 1441/3–1509)創立的劍橋大學聖約翰學院(St John's College, 下一行當中的本特利畢業於此)，"克萊爾"指得到英王愛德華一世(Edward I, 1239–1307)外孫女伊莉莎白 · 克萊爾夫人(Elizabeth de Clare, 1295–1360)捐助的劍橋大學克萊爾學院(Clare College)。

76 本特利即理查 · 本特利(參見前文注釋)，曾任劍橋大學三一學院院長，其間推行了一些招致同僚怨恨的改革措施，幾乎因此失去院長職位。"港灣"原文為"port"，兼有"波爾圖葡萄酒"之義(參見第三卷篇末的相關詩句及注釋)，指涉本特利退休之後的酗酒惡習。

77 阿瑞斯塔克斯是蒲柏給致力於章句學問的本特利起的諢名(參見前文注釋)。

78 沃克(Richard Walker, 1679–1764)為劍橋大學教授，曾任三一學院副院長，堅定支持本特利。

79 貴格會(Quakers)是基督教新教的一個派別，該派別主張人人平等，反對向長上者行脱帽禮。

"務必使賀拉斯無味，使彌爾頓寡淡。[80]
"他們寫出的詩章，全都是徒然枉自，
"總會被我這樣的評論家，變回散體。
"希臘羅馬文法家算什麼！看我才華：
"我親手創製的物事，比字母還偉大；
"我們的雙伽瑪，站在你字母表頂端，
"凌駕於所有字母之上，如掃羅一般。[81]
"千真萬確，我們依然只為詞句論戰，
"爭辯原文是'我'還是'你'，是'或'還是'但'，
"爭辯'cano'這個詞，該重讀'o'還是'a'，
"爭辯'Cicero'的'c'，發音是'c'還是'k'。[82]
"且讓弗倫德，刻意裝出特倫斯語調，
"且讓沃索普，逼真模仿賀拉斯說笑，[83]

---

80 本特利曾編輯整理古羅馬詩人賀拉斯(Horace, 前65–前27)的作品集，以及彌爾頓的《失樂園》。

81 本特利重新發現了失傳的希臘文字母"F"，由此解決了荷馬史詩一些句子音韻不諧的問題。希臘文字母"F"相當於英文中的"w"，形似兩個"Γ"(伽瑪)上下疊加，所以名為"雙伽瑪"。當時的印刷商沒有這個字母的模子，於是用大寫英文字母"F"代替，致使它比其他希臘文字母高出一截，好似《聖經》中的以色列王掃羅(Saul)。據《舊約 · 撒母耳記上》所載，掃羅"身軀比眾民高出一頭"。本特利雖然自負，但發現"雙伽瑪"確實是一個重要的貢獻，蒲柏對此事的諷刺顯得不合情理。

82 "*cano*"是《埃涅阿斯紀》第一卷第一行當中的一個詞，意為"吟唱"。"Cicero"即古羅馬哲學家及作家西塞羅(前106–前43)。以上四行所說，都是當時考據家爭論的話題。

83 弗倫德(Robert Friend, 1667–1751)為英國教士，曾任西敏公學校長。沃索普(Anthony Alsop, 1670?–1726)亦為英國教士。兩

"對我來説，攀不上維吉爾和普林尼，
"總可以指望，馬尼柳斯或索里訥斯。[84]
"由他們探究，柏拉圖的阿提卡方言，
"我只向蘇達斯，剽竊希臘文的盜版。[85]
"萬一有人想瞭解，古典詞句的真義，
"我保證只給殘渣，絕不讓他們朵頤；
"只給格柳斯或斯托巴烏斯的雜燴，[86]
"又或瞎眼老學究，一嚼再嚼的零碎。
"評注家的眼睛，好比才智的顯微鏡，
"髮絲毛孔皆可見，一毫一縷盡分明。

人都擅長寫作拉丁文詩歌，都曾是本特利的論敵。特倫斯為古羅馬劇作家(Terence, 前195?–前159?)。

84 普林尼(Pliny the Elder, 23/24–79)為古羅馬作家，撰有經典名著《自然史》(*Naturalis Historia*)。馬尼柳斯(Marcus Manilius)為西元一世紀的古羅馬詩人及占星家，本特利曾編印他的詩歌。索里訥斯(Gaius Julius Solinus)為西元三世紀的古羅馬文法家及地理學家。維吉爾和普林尼聲名卓著，馬尼柳斯和索里訥斯則鮮為人知。據原注所説，馬尼柳斯之類的作家並不值得研究，本特利之類的評注家之所以研究他們，是因為他們少人關注，方便評注家信口雌黃。

85 阿提卡(Attica)是雅典周邊的地區，柏拉圖和亞里士多德使用的都是該地方言。"蘇達斯"(Suidas)是十世紀百科全書式希臘語辭書《蘇達》(*Suda*)的別名，別名的來由是古代學者誤以為《蘇達》的編者名叫"蘇達斯"。日爾曼學者魯道夫·丘斯特(Ludolf Küster, 1670–1716)曾編印《蘇達》，這項工作得到了本特利的協助。

86 格柳斯(Aulus Gellius)是西元二世紀的古羅馬作家及文法家，斯托巴烏斯(Joannes Stobaeus)是西元五世紀的古羅馬編纂家。兩人都編有摘抄簿式的古文獻集子，許多古文殘篇賴以留存至今，但由原注可知，蒲柏認為這兩人的著作和《蘇達》一樣，沒有真正的價值。

“但須得等到跳蚤，看清了人體全貌，
“丘斯特、伯爾曼和瓦瑟[87]，才能夠看到，
“部分是如何關聯，其餘部分和整體，
“看到整體的諧律，靈魂的光華熠熠。[88]
“女神啊，你可不要以為，傻瓜的帽子，
“比智者的正裝，包着更地道的呆癡！[89]
“我們始終在學問的表面，顛簸遨遊，
“就像一個個浮標，永遠不沉入洪流。
“你才是眾多學院，如假包換的院長，
“你統轄眾多，目無神明的神學殿堂。
“區區一個巴羅，教化不了所有孽障，
“區區一個阿特伯里，壞不了一鍋湯。[90]
“瞧！那轟鳴的重炮，還有那遮擋天際，

87 伯爾曼(Pieter Burman, 1668–1741)為荷蘭古典學者，本特利的友人。瓦瑟(Joseph Wasse, 1672–1738)為英國教士及古典學者，曾與本特利一同協助丘斯特編輯《蘇達》。

88 以上六行是諷刺本特利之類的評注家謹毛失貌，見小不見大。蒲柏曾在《論人》中寫道：“人為何沒有，顯微鏡一般的眼睛？/道理簡單之極，只因人不是蒼蠅。/就算有更銳敏的視力，但若是只盯着微粒，/不去探索穹蒼，又有何益？”

89 “傻瓜的帽子”原文為“Folly's cap”，指宮廷小丑戴的一種滑稽帽子，通常綴有鈴鐺。以上兩行是本特利在向呆斯女神表功獻媚，說自己才是真正地道的呆斯。

90 巴羅(Isaac Barrow, 1630–1677)為英國神學家及數學家，曾任三一學院院長，但只任職五年便英年早逝。阿特伯里(Francis Atterbury, 1663–1732)為英國學者及政客，蒲柏的友人，曾任羅切斯特主教。兩人都擅長講道。原注對他們甚為推許，說他們致力於傳播真正的藝文。

"玄之又玄的煙霧，依然在為你效力。[91]
"為了你，我們用前無古人的新解讀，
"蒙蔽人們的眼睛，填塞人們的腦顱；
"為了你，女神啊，我們揪住一個題目，
"連篇累牘地闡釋，把所有人搞糊塗；
"好比渺小的春蠶，雖然說肚量有限，
"卻能夠吐絲不斷，把自己包在裏面。
"就算我們任由，個別不徹底的蠢貨，
"遍訪學堂，博涉各門學科，那又如何？
"他只會掠過所有學問，什麼也不沾，
"表現勝過一切，鑽火圈的雜技演員。
"倘若他始終清醒，興許確實能學會，
"用強辯使人着惱，用歪詩使人遭罪。
"我們只會教給他，他用不上的東西，
"或者逼他去娶，他終將離異的繆斯；

91 這句詩裏的"重炮"原文為"canon"(cannon的變體)，兼有"法政牧師"(教堂職銜)之義。據原注所說，"canon"影射牛津基督堂座堂(Christ Church Cathedral)管理機構法政牧師團的某位成員。據英國文學史家戴斯(Alexander Dyce, 1798–1869)考證，諷刺對象可能是英國教士及學者大衛·葛列格里(David Gregory, 1696–1767)，此人曾以詩作稱頌喬治一世和二世，曾任基督堂座堂法政牧師，其間在座堂裏樹立了喬治一世和二世的雕像。這句詩裏的"天際"原文為"pole"，本義"天極"，代指天空。原注說這個"pole"應為"poll"(這個詞有"腦袋、頭頂"之義)，影射基督堂座堂法政牧師團的首腦亦即教長。本卷還點名抨擊了基督堂座堂的另一位法政牧師，見後文。

"或者使他深深浸入，歐幾里得原理，
"馬上就把一顆文星，變成一個呆廝；
"又或送他去玄學的場地，操練馬術，
"任憑他閃轉騰挪，終不能前進一步。[92]
"我們使上同一種，無比牢靠的水泥，
"將所有的心靈，凝固在同一個層次。
"誰要能劈開這團塊，放出其中學子，
"幫助他修業成才，只管來放手一試。
"但我何必多費口舌？既已看見一班，
"娼妓、學生和蕾絲袍導師，旅法回還。[93]
"沃克！帽子拿來。"[94] 他再不肯屈尊作聲，

---

92 參照原注所說，以上六行說的是一種誤人子弟的"因材施教"，亦即讓沒有想像力的學生學習詩文，讓有想像力的學生學習數學之類的抽象學科。六行中的最後兩行是用訓練馬匹來比喻教授生徒。

93 十七十八世紀的歐洲(尤其是英國)貴族子弟成年之時，往往會在導師陪伴下漫遊全歐，名為"壯遊"(Grand Tour)。這行詩裏的"娼妓、學生和蕾絲袍導師"，便是一夥"壯遊"歸來的人物。"壯遊"的目的是增廣見聞，導師有責任保證學生行為規矩，娼妓的出現顯然是極大的諷刺。原注揶揄說，之所以不把導師排第一，是怕讀者以為導師帶學生召妓；不把學生排第一，是怕讀者以為學生帶導師召妓；娼妓排第一最合適，因為導師和學生都受娼妓的擺佈。原注還說，導師往往出身寒微，不適宜陪貴族學生會見旅途各國的顯貴，所以要穿飾有金銀蕾絲的袍子，借此自抬身價。

94 據英國教士及學者詹姆斯 · 蒙克(James Monk, 1784–1856)《理查 · 本特利傳》(*The Life of Richard Bentley*, 1833)所說，本特利有一次在飯桌上被人惹惱，於是高喊一聲"沃克！帽子拿來"，逕自離席。

板着臉闊步離去，像埃阿斯的亡靈。[95]
轉眼湧來一群紈絝兒郎[96]，錦衣鮮亮，
一邊嗤嗤冷笑，一邊推學究們離場。
幾個學究想要抗議，但他們的申說，
被法國獵號和狂吠獵犬，徹底淹沒。
領頭兒郎走近女神，神色輕鬆隨意，
一如在聖詹姆斯宮，覲見王后之時。[97]
但他尚未開口，陪同導師搶先致辭：[98]
"偉大女皇啊！請認下這位，成才子嗣：
"他生來受你佑護，從不會笞杖加身，
"好一個無畏孩童！從不知懼怕神明。[99]
"父親看見他表露，一種又一種美德，

---

95 埃阿斯(Ajax)是特洛伊戰爭中的希臘聯軍勇士，在阿喀琉斯死後想得到阿喀琉斯的甲冑。甲冑最終被俄底修斯得去，埃阿斯憤恚自殺。據荷馬史詩《奧德賽》第十一卷所説，俄底修斯曾試圖安撫埃阿斯的亡靈，但亡靈不肯跟俄底修斯説話。

96 "紈絝兒郎"即上文中的"學生"，亦即"壯遊"歸來的貴族子弟。

97 聖詹姆斯宮(參見前文注釋)是當時英國君主在倫敦的首要住所。據原注所説，以上兩行是指斥當時的一些年輕貴族放肆無禮，哪怕在王后面前也不知收斂。

98 據斯彭斯《書人軼事》(參見前文注釋)所載，蒲柏曾説，"讓我自己來評判的話，我認為陪同導師致辭是我新版《呆厮國誌》寫得最精彩的片段之一。"

99 據原注所説，這一行是反用賀拉斯《頌詩》(*Odes*)第三卷第四首的句子："好一個無畏孩童，身後有神明佑護。"賀拉斯詩中的角色因神明眷顧而無畏，這行詩裏的貴族青年則因不知天高地厚而無畏。

"母親巴望他享有，成為浪子的福澤。[100]
"你賜予他，來得早也去得早的老練，
"他沒有少年時代，也永遠不會成年。[101]
"你用祥雲遮掩，這年輕的埃涅阿斯，
"使得他悄然安渡，學堂大學的藩籬；
"然後讓他在耀目光環裏，突然現身，
"以震耳欲聾的叫囂，驚倒半座王城。[102]
"於是他一往無前，飛越海洋和大陸：
"他看見歐洲，歐洲也看見他的面目。
"我們向他展示，你所有的恩典饋贈，
"你是我們旅途中，唯一的指路明燈！
"引我們去塞納河，看它諂媚地流淌，
"送它的柔懦子孫，去跪拜赫赫波旁[103]；
"或是去台伯河，它喪盡了羅馬精神，

100 以上兩行是說貴族家庭教養無方，把孩子的惡習看成美德，還希望孩子養成懶散浪蕩的"貴族派頭"。

101 據原注所說，人生本應有少年時代和成年時期兩個階段，早慧有時會抹去第一階段，愚蠢有時會抹去第二階段，真正的呆癡卻能夠同時抹去兩個階段，因為呆廝既不會有少年的青澀，也不會有成年的睿智。

102 維吉爾《埃涅阿斯紀》第一卷講到埃涅阿斯之母維納斯女神以雲霧遮蔽埃涅阿斯，幫助他潛入北非古城迦太基(Carthage)，然後又使他以格外俊美的模樣現身，由此贏得城主狄多女王(Dido)的愛意。以上四行是說貴族子弟在校期間一事無成、默默無聞，步入社會卻依然憑裙帶關係"一舉成名"、招搖賣弄。

103 波旁(Bourbon)是法國王室的姓氏。

“只知賣弄意大利藝術，意大利靈魂。[104]
“去快活的女修院，院牆上藤蔓爬滿，
“昏睡的院長，臉色如美酒一般紅豔；
“去芬芳的島嶼，開遍晚香玉[105]的谷地，
“喘吁吁的陣風裏，瀰漫萎靡的香氣；
“去歡歌之地，或者說歡舞奴隸之園，[106]
“去情話呢喃之林，去琴音迴蕩之川。
“最緊要的是去，裸體維納斯的神祠，
“那裏的丘比特，拿大洋雄獅當坐騎；
“亞德里亞海波，卸去了艦隊的重擔，
“只推送無鬚的閹人，和花癡的少年。[107]
“在我的帶領之下，他漫遊歐洲各地，
“在信仰基督的國土，收集一切惡習；
“走遍所有的宮廷，聽遍所有的君王，
“針對歌劇或美女，發表其皇家感想；

104 蒲柏推崇古羅馬的文明成就，但對同時代的意大利文化不以為然。

105 晚香玉(tuberose, *Agave amica*)為天門冬科龍舌蘭屬草本植物，花朵有濃烈醉人的香氣，夜間尤甚。

106 這一行是說，專制君主國家(比如上文中的法國)的臣民其實與奴隸無異，但他們無意爭取自由，只求苟且偷歡。

107 威尼斯由亞德里亞海中眾多島嶼組成，以帶翼雄獅為城徽。存在於西元七至十八世紀的威尼斯共和國(Republic of Venice)曾是雄冠歐洲的海上強國，在蒲柏的時代則國勢式微，風氣奢靡，熱衷於假面狂歡節之類的消遣。“Venice”讀音與“Venus”(維納斯)大致相同，當時的威尼斯以性開放聞名。“閹人”應是指歌劇舞臺上的閹人歌手(參見前文注釋)。

"一視同仁地尋訪，高門大第與青樓，
"喜洋洋勾三搭四，興沖沖尋花問柳；
"嘗遍所有開胃小菜，品遍所有佳釀，
"酒喝得有理有節，飯吃得英勇非常；[108]
"將無趣的拉丁存貨，通通清出頭腦，
"母語變得駁雜不純，外語也沒學到；
"將所有古典學問，丟棄在古典土地，[109]
"最後就變成音聲的迴響，變成空氣！[110]
"瞧，如今他醃製合度，教養無可挑剔，
"腦子裏沒有別的，只裝着獨唱一曲；[111]
"他的家產、操守和才華，絕對不超出，
"詹森、弗里伍德和希伯，首肯的程度；[112]

---

108 "開胃小菜"和"佳釀"原文分別為以斜體強調的法文詞彙"*hors-d'oeuvres*"和"*liqueurs*"。以上兩行反映了蒲柏對法國飲食的厭惡。據原注所説，吃法國的這些"非凡菜餚"是一件風險極大的事情，因為這些菜餚用醬汁掩蓋食客聞所未聞的食材，"極易引發炎症，十分不健康"。

109 可參看前文注釋中艾迪森讚美意大利的詩句："詩意的原野，從四面把我包圍，/我彷彿依然置身，古典的土地。"

110 "迴響"原文為"Echo"，指涉古希臘神話中的回聲女神厄科。厄科本為山林女仙，因天后赫拉的詛咒而不能説話，只能重複他人話語的末尾部分。厄科愛上了納西瑟斯(參見前文注釋)，但卻無法表白。納西瑟斯死後，厄科日漸憔悴，最終形體耗盡，僅餘聲音。"空氣"原文為"air"，在這個語境下兼具"詠歎調"之義。

111 原注調侃説："只有獨唱沒有別的？可不是嘛，腦子裏有的既然是'獨'唱，哪還該有別的？這個説法實在是重複累贅！"

112 詹森(Henry Janssen, 1700–1766)是英國金融家希歐多爾·詹森(Theodore Janssen, 1658–1748)的兒子，以詐賭聞名；弗里伍德

"他悄悄逃脱決鬥，身後有修女跟隨，[113]
"要是能當上議員，便不致前程盡毀；[114]
"瞧，我有幸將這位，明星般的年輕人，
"帶回了我的祖國，還捎上一位愛神。
"女皇啊！請一併認下她(我為她癡迷)，
"好讓娼家子嗣，子嗣的子嗣的子嗣，
"支撐你的御座，像支撐鄰邦的王權，
"好培育專屬於你的族裔，瓜瓞綿綿。"[115]
女神聞言心喜，便認下這佳人才子，
用紗冪包裹二人，使他們不知羞恥。
女神舉目觀瞧，看見一幫懶散閒漢，
他們不去教會，不去宮廷，不去議院，

(Charles Fleetwood, ?–1747)為英國劇院經理，曾與希伯一同經營杜里巷皇家劇院，因賭博敗家，並以刻薄精明著稱。原注諷刺說，詹森、弗里伍德和希伯雖然不是導師，但卻以身垂範，分別為年輕人提供了財務、品行和才智方面的教育。

113 難耐寂寞的修女是時人熱衷的談資。第二卷提及的布雷沃曾充任貴族子弟的"壯遊"導師，旅途中結識米蘭一所女修院的一個修女。修女與布雷沃私奔，後來還得到羅馬教廷的寬宥，與布雷沃結為夫妻。

114 當上議員便享有豁免權，不會因債務遭到逮捕。

115 據原注所說，"娼家子嗣"是呆廝女神最得力的輔翼，比"最私生的私生子"還能幹。"鄰邦的王權"之說是諷刺歐洲一些君主國家把王家私生子封為貴族，並把這些人倚為膀臂。英國也有類似的情形，比如第一世格拉夫頓公爵(Henry FitzRoy, 1st Duke of Grafton, 1663–1690)。此人是英王查理二世(Charles II, 1630–1685)的私生子，其子第二世格拉夫頓公爵(Charles FitzRoy, 2nd Duke of Grafton, 1683–1757)曾任宮務大臣，其間將希伯聘為桂冠詩人。

永遠遊蕩，永遠無精打采，徹底漠視，
一切事業和囑託，一切責任和友誼。
你啊，我的帕里兜[116]！女神也看見了你，
看見你癱在一把，過於安樂的躺椅，
聽見你用連聲的哈欠，不停地訴説，
遊手好閒的痛苦，遊手好閒的折磨。
女神憐憫你！但她的憐憫別無效驗，
僅僅是讓你的腦袋，點得更加頻繁。
詭詐鑒賞家安紐斯，恰在此時來至，
虛假如他的寶石，朽爛如他的古幣，
手拿一塊精仿翡翠，和一根烏木杖，[117]
頗略家飯堂的閹雞，塞滿他的肚腸。[118]

116 帕里兜(Paridell)出自英國詩人斯賓塞(參見前文注釋)的長詩《仙后》(*The Faerie Queene*, 1590)，是一個四處遊蕩勾引女人的花花公子，名字由"Paris"(帕里斯，誘拐海倫引發特洛伊戰爭的特洛伊王子，參見前文注釋)和"idle"(遊手好閒)合成。據原注所説，"現今的許多年輕紳士喜歡旅行，尤其喜歡去Paris(巴黎)"，動機和帕里兜是一樣的。

117 "安紐斯"(參見前文注釋)影射英國收藏家安德魯·豐丹(Andrew Fountaine, 1676–1753)。豐丹嗜好收集古幣古玩，曾任英國皇家鑄幣廠總監，長年旅居海外，並曾為其他藏家充當代理。豐丹曾擔任愛爾蘭上議院的"黑杖傳令官"(Black Rod)，故有"烏木杖"之説。英國的收藏風氣興起於十六世紀末，包括法蘭西斯·培根在內的一些人對這種愛好不以為然，認為它不能帶來真正的學問。蒲柏也持有類似觀點，認為收藏家"百無一用"。

118 頗略(Gaius Asinius Pollio, 前75–4)為古羅馬將領及政客，維吉爾的贊助人，賀拉斯的朋友。這裏的"頗略"可能影射英國貴族第八世彭布羅克伯爵(Thomas Herbert, 8th Earl of Pembroke, 1656?–1733)，豐丹曾為他搜集古玩，也可能影射其子第九

只見他躡手躡腳，好似狡獪的狐狸，
偷偷摸到，天真綿羊曬太陽的河堤，
轉悠來轉悠去，東邊瞅瞅西邊看看，
不過他禮敬女神，所以先悄聲許願：
"請助我，仁慈的女神！助我繼續行騙，
"願你施放的烏雲，繼續將騙術遮掩！[119]
"請你向在場人等，投下精選的迷霧，
"用最濃厚的部分，罩住高貴的頭顱，
"好讓各位青年，借我們的眼力保駕，
"鑒賞別樣的愷撒，打造別樣的荷馬；[120]
"穿梭晦暗的遠古，找尋雅典的飛禽，[121]
"眾神稱它恰西斯，凡人稱它貓頭鷹，[122]
"找見阿提斯，還有清晰的希廓普斯，

世彭布羅克伯爵(Henry Herbert, 9th Earl of Pembroke, 1693–1749)，此人也喜歡古董，曾委託豐丹為自家收藏編目。

119 據原注所說，以上兩行是戲仿賀拉斯《書信集》(*Epistles*)第一卷第十六首描寫小偷向竊盜女神拉維爾娜(Laverna)禱告的詩句："噢，美麗的拉維爾娜，/請賜我行騙的本領，給我君子的假面，/用黑夜的雲翳，將我的騙術遮掩。"

120 愷撒(Julius Caesar, 前100–前44)即史稱"愷撒大帝"的古羅馬著名統帥及政客，古代一些鑄幣上有他的頭像。"別樣的愷撒"和"別樣的荷馬"是指帶有偽託古人肖像的鑄幣或雕塑。

121 雅典守護神雅典娜的聖鳥是貓頭鷹。另據原注所說，雅典古幣的背面鑄有貓頭鷹圖案。

122 由原注可知，這一行的原文是英國哲學家霍布斯(Thomas Hobbes, 1588–1679)對《伊利亞特》第十四卷第二九一行的英譯。蒲柏對霍布斯的荷馬譯本評價不高，現代學者的看法也普遍如此。

“甚至是穆罕默德！有鴿子飛在耳際；[123]
“攢下無數古代銅器，雖說不是金子，
“保藏收來的拉爾斯[124]，不惜賣房賣地；
“為了個無頭福柏，推卻美麗的新娘，[125]
“膜拜敘利亞公侯，勝於本國的君王，[126]
“拿奧托當爵位，只要我擔保是真貨，
“以奈哲爾為極樂，直到聽說第二個。”[127]
著名呆子麻繆斯，藏有胡夫木乃伊，
自身也跟藏品一樣，散發薰天臭氣。[128]

---

123 阿提斯(Attys)是小亞細亞古國呂底亞(Lydia)的國王，希廓普斯(Cecrops)是雅典的第一位國王，兩個都是傳說中的人物。據原注所說，世上不太可能存在鑄有這兩人頭像的硬幣，更不可能存在鑄有穆罕默德頭像的硬幣，因為伊斯蘭教禁止偶像崇拜；儘管如此，還是有某個“安紐斯”製造了一枚穆罕默德鑄幣，如今收藏在“某個學識淵博的貴族”手裏。“有鴿子飛在耳際”的說法源自西方昔時的反伊斯蘭教宣傳，說穆罕默德曾訓練一隻鴿子啄食他放在自己耳朵裏的穀粒，然後把這隻鴿子稱為天使或聖靈。

124 拉爾斯(Lares)是古羅馬神話中的家政女神，這裏是指拉爾斯的神像。

125 福柏(Phoebe)是古希臘神話中月神及貞潔女神阿耳忒彌斯(Artemis)的別稱，這裏是指神像。

126 “敘利亞公侯”指鑄有希臘羅馬帝王頭像的中東古幣(中東地區曾先後成為馬其頓帝國和羅馬帝國的領土)。

127 奧托(Otho, 32–69)為古羅馬皇帝，在位僅三個月，以自殺告終。奈哲爾(Gaius Pescennius Niger, 135?–194)為古羅馬將領，西元191年任敘利亞行省總督，193至194年間稱帝，隨即兵敗被殺。這兩人的統治為時短暫，可想而知，帶有他們頭像的鑄幣極為稀少。

128 麻繆斯為古羅馬將領(參見前文注釋)，影射熱衷搜集木乃伊的收藏家，因為“Mummius”這個名字與“mummies”(木乃伊)幾

他聽安紐斯説話，氣得像受驚蝰蛇，
沖對方搖起古代的叉鈴[129]，開口斥責：
“負義小人！有臉説什麼敘利亞公侯？
“這些有角族類，女神啊！全歸我所有。[130]
“他確實機靈，能夠使它們價格飆升，
“還能夠從希臘傻子手裏，偷來它們；
“更絕的是，他雖然被摩爾海盜追逐，
“照樣能保住它們，不便宜那些蠻族。
“當時他受赫耳墨斯[131]指引，膽大如神，
“冒着生命危險，吞下這些希臘黃金，
“將一個個的半神，深藏在他肚腸裏，
“既虔敬又安穩——我膜拜他腹中神祇，
“並且買下了這些，活神龕裏的聖像，

乎相同。胡夫(Cheops)是西元前二十六世紀的古埃及法老，其陵寢吉薩大金字塔(Great Pyramid of Giza)舉世聞名。胡夫木乃伊的下落迄今未知，詩中說的“胡夫木乃伊”既然惡臭，顯然是防腐做得不到家，只可能是贋品。

129 叉鈴(sistrum)是古埃及的祭神樂器，靠人手搖動發聲。“麻繆斯”可能的具體影射對象之一是1740年前後在倫敦成立的埃及俱樂部(Egyptian Club)，該俱樂部聚會之時，會長面前會擺放一柄體現會長身份的叉鈴。英國政客約翰·蒙塔古(John Montagu, 4th Earl of Sandwich, 1718–1792)是該俱樂部的創始會員及會長。

130 “有角族類”即“敘利亞公侯”，也指古幣。把帝王描繪為頭上長角的做法源自阿蒙神(Ammon)崇拜。阿蒙本是古埃及主神，頭生雙角，後來與宙斯(朱庇特)混同，受到古希臘人和古羅馬人的崇拜。亞歷山大大帝自稱“阿蒙之子”，中東一些古幣上的亞歷山大由此呈現為長着“阿蒙之角”的形象。

131 赫耳墨斯(參見前文注釋)不光是神使，還是騙術的保護神。

"等它們再次降生，便該是我的收藏。"[132]
"尊神阿蒙作證！我憑祂的雙角立誓，"
安紐斯輕聲回答，"咱們的這個肚子，
"依然裝着金幣，無詐無欺；我吃雞肉，
"只是為了把金幣，隨雞肉一道回收。
"為了證明我，女神啊！不曾坑蒙拐騙，
"請准我去頗略家吃晚飯，還有午飯，
"學者們都會到場，看我將金幣生產，
"道格拉斯會以柔軟手掌，助我分娩。"[133]
呆厮女神莞爾而笑，似乎已經默許，
兩人便手牽着手，向着頗略家走去。
於是有一夥奇人，蝗群般蓋滿地面，[134]
頭戴雜草和貝殼，編結的怪異冠冕。

---

132 參照原注所說，以上十行的背景是法國醫生及考古學家雅各·斯彭(Jacob Spon, 1647–1685)在《意大利等處航行記》(*Voyage d'Italie, de Dalmatie, de Grèce et du Levant*, 1678)當中記述的一則軼聞。其中說法國錢幣學家瓦揚(Jean Foy-Vaillant, 1632–1706)去中東為法國國王搜集古幣，在海上遭遇摩爾海盜(摩爾人指北非的穆斯林)，於是把二十枚金幣吞到肚裏。此時狂風大作，瓦揚借此逃脫海盜追趕。後來他靠吃菠菜把金幣拉了出來，其中包括一枚奧托鑄幣。

133 道格拉斯(James Douglas, 1675–1742)為英國產科醫生，卡羅琳王后的御醫。道格拉斯在《新呆厮國誌》(參見本書第一條注釋)刊行數週之後去世，當時的一些人由此認為，名列此書的事實縮短了他的壽命。原注說道格拉斯也有收藏癖，大量收藏各種版本的賀拉斯作品。

134 由下文可知，這夥人是博物學家。原注指出，詩中把這些人比作蝗蟲，着眼點是性質而非數量，因為這些人大肆破壞所到之處的樹木花草，而且不放過苔蘚菌菇。

他們走向女神，個個手拿絕妙貢物，
有鳥窩和癩蛤蟆，也有花朵和菌菇。
其中兩個遙遙領先，心懷誠摯熱忱，
面帶激動神色，到女神御座前陳情。
第一個開口説道："我等的共同慈母，
"偉大的女王啊，請傾聽你冤民申訴！
"我在卑微的花床裏，養出這枝名花，
"用空氣陽光和雨露，哺育它，鼓舞它，
"再用紙做圈領，輕輕托住它的花瓣，
"又用亮閃閃的金珠，點綴它的花冠，
"把它供在玻璃罩裏，起名叫卡羅琳，[135]
"每一個姑娘小伙，都誇它絕美無倫！
"自然的畫筆，可曾借一次隨性揮寫，
"融合如此的光輝、如此豐富的顏色？
"現在呢，倒了！死了！瞧瞧我的卡羅琳，[136]
"再沒有姑娘小伙，誇讚它絕美無倫。

135 由下文可知，這裏説的花是康乃馨。據同時代英國園藝家菲力浦 · 米勒(Philip Miller, 1691–1771)《花匠詞典》(*The Gardeners Dictionary*, 1733)第一卷所説，為了使康乃馨開得完美，當時的花匠會使上紙托、玻璃罩和金屬架子，以收造型及保護之用。原注説以上五行的原文是對古羅馬詩人卡圖盧斯(Catullus, 前84?–前54?)詩集第六十二首相應詩句的英譯。另據原注所説，當時的花匠喜歡給自己培育的花卉安上名流顯貴的名字，最突出的例子是倫敦的一個花匠。這個花匠請人把他最喜歡的花卉畫在招牌上，並且注明："這是我的卡羅琳王后。"

136 卡羅琳王后於1737年因臍疝氣去世，死狀十分淒慘。

“再瞧瞧這個惡棍！可鄙的昆蟲貪欲，
“驅使他把這春天的嬌女，踐踏成泥。
“噢，懲治他吧！要不就打發我的靈魂，
“去往伊利耶，去陪伴不凋的康乃馨。”[137]
說完他啜泣不已，被告卻一臉無辜，
站到女神的面前，開始為自己辯護：
“那個珐瑯般亮麗的族裔，張開銀翅，
“在春日和風裏招展，或是款款遊弋，
“乘着緩緩流動的大氣，其中有一位，
“暖意與空氣的嬌子，最是熠熠生輝。
“我看見這翩躚獵物，馬上就追着它
“跑出春日綠蔭，跑向一枝又一枝花，
“它逃遁，我尾隨，時而心喜，時而心痛；
“它停頓，我停頓，它又啟動，我也啟動。[138]
“最後它飛上可心的植物，久久停歇，
“於是我一把捉住，這隻美麗的蝴蝶，
“顧不得它下方，是玫瑰還是康乃馨，
“我的折騰，女神啊！沒逾越我的本分。
“我說的是赤裸裸的事實，毫無妝裹，

137 古希臘神話中的伊利耶之原(參見前文注釋)是一個氣候宜人、四季如春的地方。

138 據原注所說，這一行是戲仿彌爾頓《失樂園》第四卷的詩句：“……我驚慌退卻，/它也驚慌退卻，但我喜孜孜即刻回返，/它也喜孜孜即刻回返……”彌爾頓原詩說的是夏娃面對自己水中倒影的反應。

“要開脱我的舉動，只需要看看收穫；
“成果就在這紙板上，供你御目觀覽，
“這舉世無雙的蝴蝶啊，死了也中看！”
“孩兒們！”女神答道，“你倆已各盡其職；
“正該愉快相處，長年推廣本族文藝。
“但請聽為母一言，望你倆遵我囑咐，
“給我們的昏睡朋友[139]，兄弟般的呵護。
“上蒼以儉省手段，造就的普通靈魂，
“只夠使呆子活潑，使奴才保持清醒；
“不過是犯困的巡更，偶爾高聲發喊，
“驚破我們的睡夢，給我們報個鐘點。[140]
“但各人頭腦，總會受特定事物逗引；
“癡傻麻木之人，或許會為蜂鳥興奮；
“封閉至極之人，若是加以適當開導，
“或許會在貝類當中，找到可心癖好；
“有的人欠缺稟賦，弄不懂形而上學，
“不妨讓他走出户外，流連苔蘚荒野；
“有的人拒斥月外事物，不妨安排他，
“乘上威金斯之翼，配上掌舵的尾巴。[141]

139 “昏睡朋友”即本卷前文的“一幫懶散閒漢”。女神希望這兩個博物學家引導這些閒漢，使他們沉醉於麻痹心智的無聊愛好。

140 蒲柏時代的巡更(watchman)，職守主要是巡邏街道防火防盜，也包括大聲報告時辰和天氣。

141 按照亞里士多德等人的古典宇宙觀，月亮之外(superlunar)的事物永恆不變，月亮之下(sublunar)的事物則變動不居。威金

"噢！但願人類兒孫，有朝一日會認定，
"天賦的眼睛和理性，只為研究蒼蠅！[142]
"只去觀察大自然，偏頗狹隘的局部，
"漠視創造全體的大匠，置之於不顧。
"治學只為消遣，就連最博洽的學子，
"也只對造物主好奇，絕不為祂執役！"
"這事交給我，"答話的是個陰鬱教士。
他誓死反對奧義，自身卻昏昧無知，
懷抱着虔誠期望，想看見朗朗天光，
卻又使蓋然證據，一步步走向消亡，
譴責絕對的信仰，斥之為教會謊言，
卻又樂於制定教條，急於專橫獨斷。[143]

斯(John Wilkins, 1614–1672)為英國教士及自然哲學家，皇家學會創始人之一，著有《發現月球世界》(*The Discovery of A World in the Moone*, 1638)等書。威金斯認為月球與地球相似，也許可以住人，希望未來的人類能找到飛向月球的方法。蒲柏認為威金斯的觀點荒誕無稽，因為在他看來，針對自然物象的實證研究瑣屑無聊，古典學問(比如傳統的哲學、文學和神學)才是像月外事物一樣永恆的真知。

142 原注說，呆廝女神要求這些"自然探索者"(Investigators of Nature)以瑣碎學問為消遣，止步於探究"第二因"(Second causes, 被造之物)，徹底拋開"第一因"(First cause, 造物主)。

143 以上六行的諷刺對象是宗教自由派(freethinker)。這類人反對教會和正統教義，不承認超出人類理性認知範圍的宗教"奧義"(天啟)，並且反對不容置疑的絕對信仰，認為教義必須得到理性驗證。但蒲柏認為，這類人反對正統的絕對信仰，只是為了樹立他們自己的絕對權威。蓋然證據(moral evidence)指不能確切證明某事某物的真實性、只能證明某事某物"高度可能"的證據，常常被宗教正統派用來為教義辯護。原注提到了英國數學家及神學家約翰·克雷格(John Craig, 1663–

"由得其他人等，臨深履薄，龜行蝸步，
"依據直白的經驗，夯築低矮的基礎，
"借助平凡的常識，求得平凡的學問，
"最後才經由自然，走上自然的路徑；[144]
"驕傲之母啊，自豪之源！借你的雲霧，
"我們已無所不見，不需要嚮導指路。
"我們氣昂昂走上，高絕的先驗通衢，
"倒過來往下推理，直至對上帝生疑；[145]
"還讓自然事物，逐步篡取祂的藍圖，
"竭盡我們的本領，推祂去烏有國度；
"將某種機械動因，硬塞進祂的座席；

1731)，稱他的學說荒唐透頂。克雷格撰有《基督神學的數學原理》(*Theologiae Christianae Principia Mathematica*, 1699)，通過數學方法來推演蓋然證據的消亡，以及歷史事實蓋然性的變化。他推算基督事蹟的蓋然性將在西元3150年降到零，並把這一年闡釋為基督重臨的時間。

144 原注指出，以上四行所說才是求得真知的可靠法門。可參看蒲柏《論人》當中的詩句："不奴事任何教派，不走任何私家道路，/目光穿透自然，仰望締造自然的上主。"

145 這裏的"先驗"指預先認定第一因，在此基礎上推導它的種種效驗。原注說，如果依據可見世界的種種效驗來推導永恆第一因(亦即遵循"後驗"道路)，雖然不能獲得關於上帝的完整認識，但卻能獲得足夠多的認識，由此看清上帝造人的目的，以及達致幸福的方法；如果遵循"先驗"道路，則容易身陷迷霧，被各種假像蒙蔽，以至於看不見上帝造人的目的，以錯誤的方法追求幸福。原注對"先驗"道路的批評，大致可作如下理解：人如果預先認定上帝的存在，便可能期望世界完美無瑕，以至於無法理解現實中的不合理現象，最終動搖對上帝的信念。

"或稱祂囿於物質，或稱祂瀰散廣宇。[146]

"又或一步跳出，祂所有律法的節制，

"說上帝是人的投影[147]，人是終極目的，

"認定美德因地而異，蔑視一切倫理，

"一切從自己着眼，一輩子只為自己：[148]

"最篤信的事物，莫過於自己的理性，

"最懷疑的事物，莫過於意志與靈魂。[149]

"噢，把上帝再遮嚴點！好讓我們看見，

"你這樣的神明，正如盧克萊修所言：

"徹底封閉於自身之內，無思又無慮，

"壓根兒不理會，我們的功績或過失。[150]

---

146 以上四行論說宗教自由派的哲學謬誤，指責他們試圖用各種機械原理和物理定律來解釋宇宙的運行，由此削弱上帝的權威。據原注所說，"機械動因"是笛卡爾的觀點，"囿於物質"是霍布斯(參見前文注釋)的觀點，"瀰散廣宇"的觀點則屬於"一些繼起的哲學家"。

147 這種觀點與《舊約·創世記》關於上帝依照自身形象造人的記述截然相反。

148 以上四行論說宗教自由派的道德謬誤。據原注所說，這類人因理性缺陷而認定"上帝是人的投影"，因驕矜自負而認定"人是終極目的"，又因心地敗壞而認定善惡僅僅是主觀判斷、道德不過是當權者強加的東西。基於這些認識，這類人最終走上了一切以自我為中心的邪路。

149 原注指出，靈魂存在和自由意志是不言自明的真理，理性倒是種非常值得懷疑的東西。

150 盧克萊修(Lucretius Carus, 前99?–前55?)為古羅馬詩人及哲學家，曾以長詩《物性論》(*De Rerum Natura*)闡發古希臘哲學家伊壁鳩魯(Epicurus, 前341–前270)的學說。伊壁鳩魯學說的要旨之一是神明永遠超脫平和，沒有任何人類情感，從不干預人類事務。據原注所說，以上兩行的原文是對《物性論》第一卷第四四至四六行及第四九行的編譯。

"或是讓自然之靈，佔據我們的心胸，
"提奧克勒斯曾經，在迷狂幻覺之中，
"看見這明麗形象，閒蕩在如詩美景，
"或是如脱韁野馬，浪遊在學院樹林；[151]
"廷達爾的號令，和薩利納斯的鼾聲，[152]

---

151 參照原注所説，以上四行是諷刺英國政客、哲學家及作家第三世沙夫茨伯里伯爵(Anthony Ashley Cooper, 3rd Earl of Shaftesbury, 1671–1713)的觀點。沙夫茨伯里認為人性本善(不同於正統基督教義的"原罪"及"救贖"之説)，主宰宇宙的是一個普遍施恩的神祇(不同於《聖經》中那個賞罰分明的上帝)。同時代的一些人認為沙夫茨伯里是宗教自由派，還有人認為他是自然神論者。原注摘引了沙夫茨伯里對話體論文《道德哲學家》(*The Moralists*, 1711)當中的一些語句，據此指斥他是個把"自然之靈"等同於上帝的異端，探討哲學時過度使用形象化語言，治學方法淺薄浮滑。《道德哲學家》用了大量篇幅來謳歌自然的美好和仁善，提奧克勒斯(Theocles)為該文主角，沙夫茨伯里借他之口來陳述自己的哲學觀點。原注説"明麗形象"(bright image)是一些新柏拉圖主義哲學家對"自然理念"(Idea of Nature, 此處等同於"自然之靈")的稱謂。沙夫茨伯里也屬於新柏拉圖主義學派，《道德哲學家》一文的題記是賀拉斯《書信集》第二卷第二首當中的詩句："去學院的樹林中探尋真理。""學院"(Academy)指的是柏拉圖在雅典城外創立的林中學校。

152 廷達爾為自然神論作家，參見前文注釋。薩利納斯((參見前文注釋)是隨侍酒神的一個薩特爾(satyr)，後者是古希臘神話中一類半人半羊的精靈，在西方文化中是縱欲好淫的象徵。原注説薩利納斯是維吉爾《牧歌集》第六首提及的"一位伊壁鳩魯哲學家"，借着酒勁闡發伊壁鳩魯學説。維吉爾詩中的薩利納斯講述的創世故事與伊壁鳩魯學派的"原子論"(物質實體由永恆不變的原子構成)相近，但原注之所以點出伊壁鳩魯，主旨是強調薩利納斯是一個享樂主義者。將伊壁鳩魯哲學等同於享樂主義，是在西方人當中長期存在的一種普遍誤解。

"響徹我們這一派，膜拜的自然聖境。"
聽見自家名姓，昏醉老怪即刻爬起，
從他的煙斗裏，抖出些許火焰種子，[153]
一手抄起煙草匣，一手捋一捋肚腩，
面容紅潤又神聖，雖然説沒穿長衫。[154]
他引領一眾青年，向女神御座走近，
神情和藹又親昵，對女神"夫人"相稱。[155]
他説道，"瞧！你這些學有所成的兒郎，
"欣然擺脱神權專制，回到你的身旁：
"他們先為詞句奴才，次為虛名僕役，
"再次為黨派走卒；從小到大都如此；[156]
"後天習練使得先天局限，日趨狹隘，
"造就輕飄飄的頭腦，抽巴巴的胸懷。

---

153 "昏醉老怪"即薩利納斯，這一行是説他抖出煙斗裏的煙灰。原注説，把煙灰稱為"火焰種子"(seeds of fire)是揶揄伊壁鳩魯學派的論調，因為該學派把原子稱為"事物種子"(*semina rerum*)。

154 據英國歷史學家萊斯利·斯蒂芬(Leslie Stephen, 1832–1904)等人主編的《國家傳記辭典》(*Dictionary of National Biography*, 1885–1900)所説，薩利納斯影射的可能是英國作家、激進輝格黨人湯瑪斯·戈登(Thomas Gordon, 1691?–1750)。戈登起初反對沃波爾，後被沃波爾招至帳下，監管政府資助的新聞報導，後又被沃波爾委任為酒飲執照專員，擔任此職到死。戈登身形肥碩，不曾擔任聖職或教職("沒穿長衫")。

155 "夫人"原文為"Dame"，在這裏等同於"Madam"，後者是當時朝臣對王后的稱呼。

156 參照原注所説，以上四行説的是現代教育對年輕人的荼毒。受害的年輕人沒有信仰，學問限於詞句，對著名先賢亦步亦趨，不敢獨立思考，長大便成為任由黨派驅遣的無腦工具。

"這般教養的貴冑，我見過不知多少，
"他們沖一切訕笑，王后也笑顏相報。
"他們註定榮顯，榮顯只是因為出身，
"曾經是這世間，最不服從你的一群；
"如今悉數匍匐，投入你溫柔的蔭庇，
"個個酥軟如泥，臣服於年金或娼妓！
"K某和B某某[157]，業已帶着媚骨入土，
"一半是君王之奴，一半是蕩婦之奴。
"可歎W某某[158]，殂謝在荒唐透頂之時，
"如今他有誰誇讚？只有誄墓的牧師。
"請收下這班青年，將他們攬入懷抱！
"未盡事宜，女神啊！由你的巫師代勞。"
聽聞此言，老巫師忙不迭遞上酒盅，
任何人飲下此酒，便立刻忘記友朋，
尊長，祖宗和本性。飲酒的一個青年，

157 "某"原文為一個星號，"某某"原文為兩個星號。"K某"影射肯特公爵(Henry Grey, 1st Duke of Kent, 1671–1740)，此人曾靠討好安妮女王的閨中密友得到官爵，後來又靠背叛托利黨贏得喬治一世的歡心。"B某某"可能影射第三世伯克利伯爵(James Berkeley, 3rd Earl of Berkeley, 1680–1736)，此人曾獲得包括內廷侍臣(Gentleman of the Bedchamber)在內的眾多榮銜，也可能影射第二世博爾頓公爵(參見前文注釋)。

158 "某某"原文為兩個星號。"W某某"可能影射沃爾頓公爵(Philip Wharton, 1st Duke of Wharton, 1698–1731)，也可能影射早逝的第七世沃里克伯爵(Edward Henry Rich, 7th Earl of Warwick, 1698–1721)，這兩人的行為都有欠檢點。

眼望一顆星，像恩底彌翁一樣長眠；[159]
另一個的頭頂，突然生出一根羽毛[160]，
羽毛抽乾他的腦髓，放跑他的節操，
他背棄上帝，背棄祖國和所有一切，
向君王獻媚邀寵，是他僅剩的美德！
飲酒的烏合之眾，跟豬玀一起打滾，
跟狗兒一起捕獵，跟馬匹一起狂奔；
但他們真是可悲！永遠也難逃罵名，
原因是他們依然，保持人類的身形。[161]
幸虧仁慈的女神，賜予她每個孩子，
刀槍不入的厚顏，無知無覺的呆癡；
她的禮物即刻帶來，辛墨里式[162]昏沉，
外加希伯式面皮，使羞恥無處容身。
其中一些人得到，善心虛榮的鏡鑒，[163]

---

159 恩底彌翁(Endymion)是古希臘神話中的俊美牧人，月神塞勒涅(Selene)喜愛他的睡態，便懇請宙斯施法，使得他永遠沉睡。這行詩意在指斥一些人為了官爵不顧廉恥，任由自己的操守"長眠"。詩中的"一顆星"指的是英國一些騎士勳位(比如嘉德勳位，參見前文注釋)的星形徽章。

160 這裏的"羽毛"指涉嘉德騎士的禮帽，禮帽上飾有白色鴕鳥羽毛和黑色蒼鷺羽毛。

161 原注說這位巫師的魔酒與喀耳刻(Circe)的魔藥效力相反，後者使人喪失人形，保留人性，前者卻使人喪失人性，僅餘人形。喀耳刻是古希臘神話中的女巫，據荷馬史詩《奧德賽》第十卷所載，她曾誘騙俄底修斯的船員吃下摻在飲食裏的魔藥，由此把他們變成豬玀。

162 辛墨里人(參見前文注釋)生活在永恆黑暗之中。

163 西方藝術品常常把人格化的虛榮描繪為攬鏡自照的女子。

鏡中影像，絕不會是旁人眼中所見，
只會粉飾主人，有如馬屁精或家奴，
使主人變身愛國義士、英傑或聖徒。
另一些人得到，利益給的鮮豔制服，[164]
利益扇動黨旗般的彩翼，翩翩起舞；
她時而迎向陽光，折射出五色繽紛，
繽紛五色隨着她的飛旋，或顯或隱。
還有些人欣賞到，西壬姊妹[165] 的獻唱，
要撫慰空洞頭腦，莫過於空洞聲響。
糟糕！他們再也聽不到，榮名的呼召，
呆厮女神的香膏[166]，灌滿他們的耳道。
C某某，H某某，P某某，R某某，K某，
何苦辛勞立業？子嗣所長只是歌喉。[167]

---

164 這一行是說，人格化的利益(這裏特指憑藉政治權力牟取的私利)把這些人變成了她的家奴，讓他們穿上了家奴的制服。

165 西壬姊妹即以歌聲引誘水手走向死亡的西壬女妖(參見前文注釋)。由原注可知，這裏的西壬姊妹指的是人格化的歌劇。

166 原注說“呆厮女神的香膏”是指麻痹心智的奉承，並且說歌劇也是一種香膏。

167 上一行的九個“某”原文為九個星號。“C某某”影射威廉 · 考珀爾(William Cowper, 1st Earl Cowper, 1665?–1723)，“H某某”影射西蒙 · 哈考特(Simon Harcourt, 1st Viscount Harcourt, 1661–1727)，“P某某”影射湯瑪斯 · 帕克爾(Thomas Parker, 1st Earl of Macclesfield, 1666–1732)，“R某某”影射羅伯特 · 雷蒙德(Robert Raymond, 1st Baron Raymond, 1673–1733)，“K某”則影射彼得 · 金(Peter King, 1st Baron King, 1669?–1734)。這五個人都是獲封爵位的英國政壇顯貴，由詩意可知五個人的子嗣都不成器，沉迷於歌劇之類的消遣，但這個說法並不完全符合事實。

雄心壯志化為荒唐笑柄，何其迅速！
父輩顯達封爵位，兒輩癡傻又糊塗。
若干子弟，由一位白圍裙祭司隨扈，
這祭司好技藝，視一切血肉如無物！
全牛到了他的手裏，瞬間變成肉凍，
龐大的野豬也化整為零，裝進陶甕；
他擺出滿桌的亂真奇跡，琳琅滿目，
將野兔變成雲雀，將鴿子變成蟾蜍。[168]
另一位祭司(哪裏會有人精通一切？)
則為他們講解，美酒的神髓與青澀。[169]
哪裏有豐盛祭獻，救贖不了的罪孽？
你的松露，佩里戈！你的火腿，巴約訥！[170]
配上法國奠酒，再奏起意大利弦管，
便可塗白布萊登，洗清海斯的污點；[171]

168 以上六行說的是女神安排了一些技藝精湛的“祭司”(實指廚師)，用各種新奇手段來滿足這些墮落子弟的口腹之欲。末二行的“奇跡”是諷刺法式烹飪，據原注所說，加工成蟾蜍形狀的鴿子肉是當時法國的常見菜式。

169 “神髓”和“青澀”原文分別為法文詞彙“*sève*”和“*verdeur*”，皆為葡萄酒術語。“*sève*”本義為樹漿，喻指特定葡萄酒的特殊風味。“*verdeur*”指新釀葡萄酒的刺激口感。據原注所說，信奉享樂主義的法國作家聖伊夫蒙(Charles de Saint-Évremond, 1613–1703)寫有一封“十分可悲的”信函，勸一位失意的朋友從“美酒佳餚”當中尋找安慰，尤其要多多留意香檳酒的風味。

170 佩里戈(Périgord)為法國著名松露產地。巴約訥(Bayonne)為以火腿聞名的法國城鎮。

171 1720年，英國發生“南海泡沫事件”(South Sea Bubble)。從事貿易的南海公司通過種種不正當手段獲得政府支持，大肆

賴特也頭顱高昂，只因破產的百姓，
分量哪能比得上，三合一的山鶉羹？[172]
一切羞恥皆消逝，一切指責皆消歇，
王侯爭相邀請他們，坐上自家馬車。
宴飲既畢，女神吩咐眾人，上前下跪，
向他們一一頒賜，各色頭銜與學位。
首先是一些，較比優秀的女神子裔，
他們在律師學院，將莎士比亞研習，
或是釘穿螢火蟲，或是矜誇鑒賞力，
領受了F.R.S.尊銜，着實光華熠熠；[173]

炒作本公司股票，股價由此暴漲，又在泡沫破滅之後暴跌，致使許多人血本無歸。英國政府就此展開調查，眾多官員及南海公司董事被定罪判刑。參照原注所說，布萊登可能是指英國政客湯瑪斯．布萊登(Thomas Bladen, 1698–1780)，此人嗜好賭博，是南海公司董事希歐多爾．詹森(參見前文注釋)的女婿。原注說布萊登是個投機分子，並且是個“黑人”，這個說法可能是因為“Bladen”和“Black”(黑色)形近，也可能是因為南海公司有販賣黑奴的業務。海斯指的是南海公司代理路易斯．海斯(Lewis Hays, ?–1737)。

172 賴特指的是南海公司司庫羅伯特．賴特(Robert Knight, ?–1744)，此人於1722年逃離英格蘭，據說是為了不牽連政府官員，後於1742年獲得赦免。據原注所說，出逃的南海公司人員在巴黎過着奢侈的生活，經常宴請英國顯貴乃至法國王室成員。原注還說，“三合一的山鶉羹”是法國人發明的菜式，亦即用兩隻山鶉熬成湯汁，充作第三隻山鶉的佐料。以上兩行的意思是，賴特雖然造成許多百姓破產，卻能以美味佳餚招待賓客，由此便依然受到顯貴的歡迎。

173 “F.R.S.”是“Fellow of the Royal Society”的縮寫，亦即“皇家學會會士”。英國的皇家學會(Royal Society)成立於1660年，以促進自然科學為己任，是世界上最古老的國立科學學會。蒲柏重古典人文輕實證科學，因此斥責皇家學會會士不務正業(“在

另一些列名共濟會，藏身緘默一族，
畢達哥拉斯的位置，可由他們填補；[174]
還有些充任植物學家，至少也充任，
花卉專家，再不然就充任，年會貴賓[175]；
最卑微輕賤的子裔，也有各自席位，
榮登葛列格里會，或者是戈莫貢會；[176]
最末的一群，美譽與嘉獎絕非最少，
劍河艾西斯，予他們法學博士衣袍。[177]
女神祝福眾人："去吧，我眷懷的兒郎！
"如今該投入實踐，將理論光大發揚。

律師學院，將莎士比亞研習")、研究瑣屑且破壞自然("釘穿螢火蟲")、附庸風雅且見識淺薄("矜誇鑒賞力")。

174 共濟會(Freemasonry)是一個兄弟會性質的國際性團體，歷史悠久，起源不詳，以慈善互助為主要宗旨，採用一些秘密的儀式和標記，帶有一定神秘色彩。英國的共濟會總會成立於1717年，是世界上最古老的共濟會總會，成員包括沃波爾和沃波爾的一些黨羽。畢達哥拉斯學派要求生徒保持沉默，以此為自我修養的一種法門，共濟會也要求會員保守本會秘密，故有"緘默一族"及"填補位置"之說。原注諷刺說，本卷上文的"癡傻麻木之人"和"封閉至極之人"，即使冥頑得無法成為探究"蜂鳥"或"貝殼"的博物學家，好歹也可以加入共濟會，因為入會不需要別的資質，閉緊嘴巴就行。

175 花卉專家(florist)只會鑒賞和種植花卉，在蒲柏看來還不如悉心研究植物的植物學家(botanist)。"年會貴賓"指應邀參加皇家學會、共濟會之類團體年度宴會的人物。

176 葛列格里會(Gregorians)和戈莫貢會(Gormogons)是成立於共濟會之後的兩個曇花一現的團體，以嘲諷共濟會為己任。原注說這兩個會是從共濟會分離出來的，會員都是些不入流的角色。

177 這一行是諷刺牛津劍橋等大學濫授榮譽學位。

"我提的所有要求，容易、簡明又充實；
"孩子們！你們要驕矜，要自私，要呆癡。[178]
"要捍衛我的皇權，要鞏固我的寶座，
"你們將各享殊遇，我在此領首為諾。
"讓公爵專享愛物，短馬鞭和騎師帽；[179]
"讓侯爵配備跑鞋哨棒，領大家賽跑；[180]
"伯爵已拿到執照，自不妨盡情趕車，
"與同行車夫太陽神結伴，馳驅不懈；[181]

---

178 據原注所說，驕矜的姿態最容易擺，自私的原則最是簡明，呆斯的事業最是充實。

179 "短馬鞭和騎師帽"是賽馬騎師的行頭，這一行可能是影射英國貴族及政客第二世德文郡公爵(William Cavendish, 2nd Duke of Devonshire, 1672–1729)。赫維勳爵(參見前文注釋)曾聲稱，這位公爵"擅鑒賞不擅理政，做騎師遠比做政客稱職"。

180 "哨棒"原文為"staff"。當時的貴族乘車出行，會安排一些手持哨棒的跟班跟着馬車奔跑(當時路況不佳，馬車速度很慢)，一是為了排場，二是為了防備馬車傾翻。讓各自的跟班賽跑爭勝，是貴族階層的一項流行消遣。這一行影射的可能是第四世德文郡公爵(William Cavendish, 4th Duke of Devonshire, 1720–1764)，此人於1755年父親去世後襲封公爵，此前使用"哈汀頓侯爵"(Marquess of Hartington)頭銜。

181 根據古希臘神話，太陽神赫利俄斯(Helios)是太陽之車的馭手，每日驅車橫越天穹。以上兩行影射第六世索爾茲伯里伯爵(James Cecil, 6th Earl of Salisbury, 1713–1780)，此人行事乖張，嗜好駕車，甚至曾嘗試駕駛公共馬車。據說他經常翻車，同時代英國畫家威廉·賀加斯(William Hogarth, 1697–1764)把"傾翻的索爾茲伯里之車"畫進了他的《一日四時》(*Four Times of the Day*, 1736)。"拿到執照"原文為"licensed"，"license"一詞兼有"放縱無行"之義。

"學識淵博的男爵，盡可為蝴蝶寫真，[182]
"或是從阿剌克涅的細線，抽絲織錦；[183]
"法官招呼高級律師弟兄，以舞會友；[184]
"議員站上板球場地，催促對手投球；[185]
"主教只用一個餡餅(教皇般的奢華！)，
"便將一百隻火雞的靈魂，悉數收納；[186]
"家道殷實的鄉紳，向高盧主子哈腰，
"用區區的一碗湯，把自家田宅淹掉；[187]

---

182 這一行影射瑞典實業家及昆蟲學家德耶爾男爵(Baron Charles de Geer, 1720–1778)。德耶爾自幼喜好研究昆蟲，不到三十歲就成為瑞典科學院院士及法國科學院通訊院士，並以擅畫昆蟲聞名。

183 阿剌克涅(Arachne)是古希臘神話中的巧手女子，曾與雅典娜比賽織布，其間因藐視神明而被雅典娜變成蜘蛛。"阿剌克涅的細線"即蛛網。參照原注所說，這一行是諷刺法國貴族聖希萊爾(François Xavier Bon de Saint Hilaire, 1678–1761)。聖希萊爾曾嘗試從蜘蛛的卵囊抽絲織布，相關論文刊發於1710年的英國皇家學會會刊《自然科學會報》(*Philosophical Transactions of the Royal Society*)。

184 高級律師團(Serjeants-at-Law)是當時英國的一個精英律師團體，成員之間互稱"弟兄"，英國一些法院的法官只能從這個團體遴選。這一行的具體指涉可能是十五至十八世紀倫敦各律師學院的年度狂歡活動，參與者包括法官和高級律師，項目包括儀式性的舞蹈。1733年之後，此活動再未舉行。

185 板球為英國傳統運動，貴族議員打板球在當時亦屬常見之事。蒲柏認為貴族打板球不妥，是因為這項運動貴賤雜處，不同於馬球之類的傳統貴族運動。

186 以上兩行是諷刺達勒姆主教威廉．塔爾波特(William Talbot, 1658–1730)，原注說此人窮奢極欲，耗用一百隻火雞來做一個餡餅。

187 以上兩行是說鄉紳為昂貴的法式菜餚敗光家產。

"其他人從法國，引進更高貴的藝術，
"教君王拉小提琴，使議員應節而舞；[188]
"較比膽大的兒郎，可嘗試飛得更高，
"使我隊伍中再添個元首，門庭光耀；
"並且驕傲地牢記，公侯不過是器物，
"為首席大臣而生，為王上充當奴僕，[189]
"唯我獨尊的暴君！將凌駕國中三級[190]，
"把國史寫成一部，偉大的《呆廝國誌》！"[191]
說話間她打個哈欠，萬物隨之點頭；
神明的哈欠，哪裏是凡人所能消受？[192]

---

188 原注說小提琴是古代君王的流行消遣，比如古羅馬皇帝尼祿(Nero, 37–68)。尼祿為著名暴君，據說曾在羅馬城大火之時拉琴作樂。原注還說，議員"應節而舞"的意思是應和君王的節拍，要不就得去蓬圖瓦茲(Pontoise)或西伯利亞。蓬圖瓦茲為法國城鎮，1720年，法國攝政王曾將法國議會全體成員流放至該地。西伯利亞是俄羅斯流放失勢政客的慣常地點。

189 以上四行是諷刺沃波爾，1721至1742年間，沃波爾是英國事實上的首相(亦即"首席大臣")。蒲柏認為沃波爾專橫跋扈，使英國淪落到了與歐洲大陸專制國家相去無幾的地步。

190 "三級"(three estates)指中世紀至近代早期歐洲基督教國家的社會等級體系。就蒲柏時代的英國而言，三級是指治理國家的三個階層，亦即教會貴族(Lords Spiritual, 議會上院的主教議員)、世俗貴族(Lords Temporal, 上院的貴族議員)和平民代表(Commons, 下院議員)。

191 這一行的原文全部是大寫字母。

192 原注說，此詩以"偉大母親使所有人歸於平靜"結束故事情節，堪與荷馬史詩媲美，因為《奧德賽》也是以雅典娜調停紛爭收尾；此詩以一聲哈欠收煞全篇，十分恰當自然，因為許多冗長鄭重的商討也是以哈欠收場；除此而外，這樣的結尾並非沒有先例，因為斯賓塞(參見前文注釋)的長詩《哈伯德媽媽的故事》(*Mother Hubberd's Tale*, 1591)也是以一聲咆哮

哈欠瞬間籠罩，各所教堂和禮拜堂
(先到聖詹姆斯，鉛做吉爾伯的道場)；[193]
繼而將學校籠罩；又使西敏廳昏醉；[194]
教會會議說不出話，徒然大張着嘴；[195]
這莊嚴悠長的齊聲哈欠，四處飄飛，
國之理性[196]不知所蹤，再也無法找回；
這哈欠越傳越遠，使整個王國昏沉；
就連帕利紐盧斯，也倚着船舵打盹；[197]

結尾。原注提及的斯賓塞長詩意在諷刺卑下者篡取王權，其中說到一些弱小動物趁獅子睡覺之機偷竊獅皮，最終被獅子的咆哮所震懾，並受到相應的懲罰。

193 聖詹姆斯宮禮拜堂即王室禮拜堂(參見前文注釋)。這裏的吉爾伯(John Gilbert, 1693–1761)為英國教士，以傲慢自大聞名，1757年成為約克大主教，擔任此職至死。他曾為王后卡羅琳的去世(1737年)發表激情洋溢的佈道，據說邊講邊哭。原注說“鉛做”這個修飾詞並非源自吉爾伯本身，而是源自與他相關的重大事件，亦即呆厮女神締造的“鉛做的新薩吞時代”(見本書第一卷)。換句話說，吉爾伯是呆厮女神完成霸業的幫兇。

194 西敏廳(參見前文注釋)在當時是斷案的地方，這裏代指司法體系。

195 教會會議(Convocation)是英國國教會商討教會事務的代表大會。由於下層教士對政府宗教政策的長期抵制，以及霍德利主教1717年佈道詞(參見前文注釋)引發的強烈不滿，政府解散了當年的教會會議。會議由此中斷了一百多年，到十九世紀中葉才恢復舉行。原注說教會會議急欲發聲，並沒有困倦欲眠，只是受女神的哈欠傳染，不小心打了個哈欠，由此被放肆的朝臣抓住機會塞住嘴巴，以至於合不上嘴也說不出話。

196 據原注所說，“國之理性”指的是議會下院。

197 原注指出，帕利紐盧斯(Palinurus)跟朱庇特一樣始終警醒，原本是最不可能打瞌睡的。帕利紐盧斯是維吉爾《埃涅阿斯紀》當中埃涅阿斯的舵手，因倚着船舵打瞌睡而落水溺死。

柔靡的瘴氣，悄悄瀰漫各個委員會；
半途擱置的條約，在各個官署沉睡；
沒有長官的陸軍，迷瞪瞪脱離戰陣，
海軍在大洋遊蕩，打着哈欠等命令。[198]
繆斯啊！你來講(因為呆廝全無記性，
才子也記憶短暫，只有你能夠講清[199])，
講講眾人低頭安歇，誰最後誰最先；
誰盡得哈欠的福澤，誰只得到一半；
怎樣的魔力能平息黨爭，消弭野心，
使貪得之徒噤聲，使呆傻之輩迷魂；
以至於理性、羞恥和對錯，通通湮沒——
唱吧，用你的歌聲，使萬族歸於靜默！

* * * * * * * * * * * *

枉自啊，徒然枉自——萬馬齊喑的時辰，
無可阻遏地來臨，繆斯也俯首聽命。

這行詩同時影射沃波爾，因為英國詩人揚(參見前文注釋)曾在諷刺組詩《聲名之愛》(*The Love of Fame*, 1728)第七首當中讚頌沃波爾，説他面臨英王在海上遭遇風暴的危殆局勢，仍然能沉着處理國政，好比臨危不亂的舵手：“我們的帕利紐盧斯，不曾倚着船舵打盹。”

198 以上四行指涉1713至1740年間英國和西班牙因貿易引發的一系列糾紛，其間兩國於1739年簽訂和約，但西班牙拒絕履約，兩國由是開戰，戰爭從1739年持續到1748年。以沃波爾為首的政府極力避免戰爭，由此招致廣泛批評。此事使沃波爾威望大損，是導致他辭職(1742年)的主要原因。

199 據赫西俄德《神譜》所載，九位繆斯女神的父親是宙斯，母親是記憶女神謨涅摩敘涅(Mnemosyne)，故有此説。

她來了！她來了！快來看那原初夜魔，
和古老混沌，曾經佔據的漆黑王座！
在她的面前，想像那金燦燦的煙嵐，
還有它七彩變幻的虹霓，黯然消散。
才智白白地放射，靈光乍現的火焰，
它的流星紛紛墜落，一轉眼就不見。
隨着她步步逼近，施展她神威秘訣，
學問之燈次第熄滅，一切化為黑夜；
正如蒼白群星，隨可怖美狄亞招引，
從穹蒼的原野裏，一顆接一顆凋零；[200]
又如阿耳戈斯的眼睛，一隻接一隻，
受制於赫耳墨斯的魔杖，永遠關閉。[201]
真理躡手躡腳，逃回她古老的岩窟，
決疑論的重巒疊嶂，壓住她的頭顱！[202]
哲學原本以天國，作為可靠的依托，

200 古羅馬哲學家及作家塞內卡(參見前文註釋)撰有悲劇《美狄亞》(*Medea*)。劇中女主角美狄亞(參見前文注釋)遭到丈夫背叛，決意殺死親生孩子作為報復，於是念誦咒語，把天上的怪獸星座(比如天龍座、長蛇座、大熊座和小熊座)召來凡間，充當她殺子的幫兇。

201 百眼巨人阿耳戈斯(參見前文注釋)曾奉赫拉之命看管宙斯的情婦伊俄(Io)，宙斯便派赫耳墨斯去解救伊俄。赫耳墨斯用魔法使阿耳戈斯閉上所有的眼睛，並且殺死了阿耳戈斯。

202 據法蘭西斯 · 培根《廣學論》(*The Advancement of Learning*, 1605)所載，古希臘哲學家德謨克利特(Democritus, 前460?–前370?)曾說："自然的真理潛藏在一些深深的礦洞裏。""決疑論"見前文注釋。

如今卻退向她的第二因，再無着落。
自然科學乞求形而上學，提供庇護，
形而上學掉轉頭，跑去向感官求助！[203]
落荒而逃的奧義，朝數學那邊飛馳！[204]
枉自啊！她們頭暈目眩，譫妄中死去。
赧顏的宗教，用面冪遮住她的聖火，
以至於不曾知覺，道德已溘然殞歿。[205]
公家私家的一切光焰，都不敢閃亮；
凡俗的星火，神聖的清輝，統統淪亡！
看哪，混沌！你恐怖的帝國，再鑄金甌！
偉大的僭主啊，面對你的毀滅之咒，
毀滅之手，光明已死！[206] 就讓大幕垂降，
就讓包舉宇宙的黑暗，將一切埋葬。

---

203 參照原注所說，以上兩行是諷刺當時的兩種哲學觀點：一種通過十分牽強的形而上學演繹來否認肉體的真實性，以此確證靈魂的存在；另一種則把靈魂看作肉體作用的結果，認為靈魂將與肉身同朽，以此論證基督教永生應許的重要性。

204 據原注所說，這一行是諷刺當時的一些人嘗試用數學方法來證明宗教奧義，以此應對奉行理性主義的宗教自由派對宗教奧義的質疑。

205 參照原注所說，宗教的“赧顏”是因為呆廝得勢，世間亂象破壞了宗教的純潔；宗教既然遭到壓制，道德便隨之淪亡。之所以說“不曾知覺”，是為了諷刺沙夫茨伯里(參見前文注釋)等人的觀點，按照這些人的看法，宗教並不是維繫道德的必要條件。

206 “僭主”原文為“Anarch”，彌爾頓《失樂園》第二卷第九八八行也用了這個詞來指稱混沌。蒲柏這句詩敘說的事件是上帝創世過程的逆轉，可參看《舊約 · 創世記》講述上帝創世過程的第一個句子：“上帝說，要有光，就有了光。”

蒲柏生平簡表

1688年　五月二十一日，蒲柏出生。

1692年　由於政府對天主教徒的經商限制，蒲柏一家遷往倫敦郊外。

1700年　由於政府對天主教徒的居住地限制，蒲柏一家再一次遷居；蒲柏詩才初露端倪，受到一些成名前輩的稱賞；罹患波特氏症。

1705年　開始創作《田園組詩》(*Pastorals*)。

1707年　與瑪莎·布隆特(Martha Blount)及特蕾莎·布隆特(Teresa Blount)姊妹相識，結下終生友誼。

1709年　《田園組詩》面世，廣受好評。

1711年　長詩《論批評》(*An Essay on Criticism*)面世，大獲成功。

1712年　諷刺史詩《奪髮記》(*The Rape of the Lock*)初版面世。

1713年　與斯威夫特等同道組建旨在諷刺蹩腳文藝的"三流作家俱樂部"(Scriblerus Club)；長詩《溫莎森林》(*Windsor Forest*)面世。

1714年　增訂版《奪髮記》面世。

1715年　譯作《伊利亞特》(*Iliad*)第一卷面世；傾慕瑪麗·蒙塔古夫人(Lady Mary Montagu)，但二人很快反目。

1716年　由於政府對天主教徒的打壓更趨嚴厲，蒲柏一家又一次遷居。

1717年　《作品集》(*Works*)第一卷面世，其中收錄《埃洛伊絲致阿貝拉德》(*Eloisa to Abelard*)等新作；父親去世。

1718年　在特維克納姆(Twickenham)租下一幢別墅及五英畝花園，攜母親遷入新居，此後再未另尋家宅。

1720年　譯作《伊利亞特》全本面世。

1725年　譯作《奧德賽》(*Odyssey*)第一部分面世；六卷本莎士比亞作品集編注完成。

1726年　譯作《奧德賽》全本面世，半部為蒲柏譯筆，另半部由兩位合作者完成。

1727年　與斯威夫特合作編寫並刊行兩輯《雜編》(*Miscellanies*)。

1728年　《雜編》第三輯面世；三卷本諷刺史詩《呆厮國誌》(*The Dunciad*)面世。

1729年　《呆厮國誌集注本》(*The Dunciad Variorum*)面世。
1731年　組詩《道德論》(*Moral Essays*)第一首面世。
1732年　《雜編》第四輯面世。
1733年　長詩《論人》(*An Essay on Man*)前三卷面世；組詩《仿賀拉斯》(*Imitations of Horace*)第一首面世；母親去世。
1734年　《論人》全本面世。
1735年　《作品集》第二卷面世；組詩《道德論》全部完成。
1738年　組詩《仿賀拉斯》全部完成。
1742年　《新呆厮國誌》(*The New Dunciad*, 即《呆厮國誌》第四卷)面世。
1743年　《呆厮國志四卷本》(*The Dunciad in Four Books*)面世。
1744年　五月三十日，蒲柏逝世。

呆厮國誌
The Dunciad

亞歷山大·蒲柏(Alexander Pope, 1688-1744)，十八世紀最偉大的英國詩人，《牛津名言詞典》(*The Oxford Dictionary of Quotations*)收載條目第二多的詩人(僅次於莎士比亞)，畢生勤於著述，擅多種題材文體。學識豐贍，才氣縱橫，洞燭世態人心，作品中妙語警句俯拾即是。

蒲柏《呆厮國誌》是一部諷刺史詩，初刊於1728年，最終版刊行於1743年，前後歷時十五年，稱之為蒲柏畢生心血結晶，絕非過甚之辭。此詩以虛擬的“呆厮女神”為線索，鋪敘社會日趨粗鄙的頹敗進程，尖銳抨擊文藝市場化、低俗化、政治化的時弊，嬉笑怒罵，酣暢淋漓，直筆寫出一部活色生香的大不列顛墮落史，堪稱西方諷刺史詩的里程碑式巨製。這部詩作帶來莫大的聲名，同時給蒲柏招來了無數敵人，致使他餘生楚歌四面、怨謗隨身。文學史上稱許為“英語詩歌史上最引人入勝、最獨樹一幟的作品”的《呆厮國誌》，也許翻譯難度太大，直至現在才出版給中文讀者。

譯者李家真，譯有《福爾摩斯全集》《瓦爾登湖》，以及王爾德、紀伯倫、泰戈爾等多部名著。

ISBN 978-988-8777-17-4

呆厮國誌
The Dunciad